Über die Autorin

Alex Wagner, geboren 1972, wohnt in Wien. Ursprünglich Betriebswirtin, aber immer schon selbst leidenschaftliche Leserin, war es ganz unvermeidlich, dass sie schließlich die Autorenlaufbahn einschlug.
Neben Krimis schreibt Alex Wagner auch Thriller, historische Spannungsromane und Romance. Ein Titelverzeichnis finden Sie am Ende dieses Buches.
Besuchen Sie die Autorin auch im Internet oder auf Facebook!

www.alexwagner.at
www.facebook.com/AlexWagnerAuthor

ALEX WAGNER

TOD EINER SCHNÜFFLERIN

Penny Küfer ermittelt

ISBN-Nr.: 9781792761348

Umschlaggestaltung: Estella Vukovic
Lektorat: Bernhard Weninger

www.alexwagner.at

1.

Mittwoch, 6. Februar, Wien

"Penny Küfer!", donnerte die Stimme der Ausbilderin durch den Raum. "Bei Ihnen ist der sicherste Platz ja vor der Waffe! Sie treffen so ziemlich alles, nur nicht die Zielscheibe!"

Die großgewachsene, extrem dürre Frau schüttelte den Kopf und bedachte Penny mit einem strafenden Blick. "Mir ist noch selten eine so untalentierte Schützin untergekommen wie Sie."

Was für eine Zicke, dachte Penny. Diese Frau Steininger besaß den Charme und die pädagogischen Fähigkeiten eines Granitblocks. Der Familienname passte. Vornamen hatte sie keinen genannt, aber bestimmt hieß sie Brunhilde oder so ähnlich.

Penny spürte die Blicke der anderen Kursteilnehmer auf sich und wäre am liebsten im Erdboden versunken.

"Von Ihren letzten fünf Schuss haben es sage und schreibe vier noch nicht einmal auf die Zielscheibe geschafft", nörgelte Frau Steininger weiter. "Und – verdammt, was tun Sie denn?" Ihre Stimme überschlug sich. "Wollen Sie uns umbringen? Sie sollen die Waffe nach *vorn* richten!"

Penny hatte sich umgedreht, um der Trainerin die Stirn zu bieten, und dabei war ihre Hand, die den Revolver hielt, dem Rest ihres Körpers gefolgt. Womit der Lauf der Waffe nun geradewegs auf die anderen Schüler gerichtet war.

Die Ausbilderin jedoch hatte die Reflexe eines Panthers. Innerhalb eines Sekundenbruchteils packte sie Pennys Handgelenk und drückte Hand und Waffe zurück in Richtung Zielscheibe. "Nach vorn!", wiederholte sie in einem Tonfall, der einem bis ins Knochenmark fuhr.

Penny legte den Revolver vor sich ab und holte tief Luft. Es roch verbrannt in dem Schießkeller, der tief unter der Erde lag. *Nicht aus der Ruhe bringen lassen*, befahl sie sich. Aber das war leichter gesagt als getan.

Sie wickelte eine Strähne ihres langen roten Haars um den Finger. Eine Angewohnheit, die sie schon längst hatte ablegen wollen – nur kleine Mädchen fummelten an ihren Haaren herum, wenn sie nervös waren.

Die Ausbilderin hatte ja recht, ihre bisherigen Versuche mit der Waffe waren miserabel gewesen. Aber musste diese Steininger ihr das gleich in so drastischen Worten kundtun? Vor der ganzen Gruppe?

Penny konnte nichts weniger leiden, als wenn man sie ausschimpfte. Schelte hatte sie schon als kleines Kind gehasst. Na gut, wenn sie ehrlich mit sich war, so hatte sie vielleicht häufiger als andere Kinder Schelte und sonstige Strafmaßnahmen provoziert. *Weit häufiger*. Brav sein war noch nie ihr Ding gewesen.

Aber den Umgang mit Schusswaffen, den wollte sie lernen. Sie musste ihn lernen, schließlich war der heutige Kurstag notwendige Voraussetzung zum Erwerb des Waffenführerscheins, und der wiederum war eine wichtige Ergänzung zu ihrer fünfzehnwöchigen Ausbildung als Berufsdetektivin.

Sie hatte jetzt rund die Hälfte des Programms hinter sich,

und Aufgeben kam nicht in Frage. Eine Detektivin zu werden, war Pennys Traum – für den sie alles geopfert hatte. Ihr Verlobter hatte sich von ihr abgewandt, als sie sich an der Wiener *Argus Akademie für Sicherheitsberufe* eingeschrieben hatte. Keine standesgemäße Karriere für seine zukünftige Frau, oder ein ähnlicher Unsinn. Genaueres hatte er nicht verlauten lassen. Aber er war ohnedies ein schrecklicher Schnösel gewesen. Kein Verlust.

Pennys Mutter hingegen hatte sie kurzerhand enterbt, was schon weit schmerzhafter gewesen war. Frederike Küfer war eine der wohlhabendsten Frauen des Landes, und auch sie fand die Berufswahl ihrer Tochter im höchsten Maße unpassend.

Besonders gut hatte Penny sich mit ihrer Mutter nie verstanden, aber sie musste sich eingestehen, dass sie es sehr genossen hatte, das mütterliche Geld auf hundert kreative Arten auszugeben.

Nun, damit war jetzt Schluss. Jetzt hieß es: Kurs abschließen, Job als Detektivassistentin suchen, um die nötige Berufspraxis zu erwerben und den Lebensunterhalt zu bestreiten. Und in ein paar Jahren dann eine eigene Detektei. So sahen Pennys Pläne aus, und nichts und niemand würde sie aufhalten. Schon gar nicht so ein blöder kleiner Revolver, der ständig sein Ziel verfehlte.

"Sie müssen sich verdammt noch mal konzentrieren, Frau Küfer", holte die schneidende Stimme der Ausbilderin sie in die Gegenwart zurück. "Wir spielen hier nicht, Ihr Revolver ist geladen – mit scharfer Munition."

"Das weiß ich", brummte Penny.

"Dann ist es ja gut. Also gleich noch mal fünf Schuss, los,

los! Trödeln Sie nicht herum. Und diesmal *in* die Zielscheibe, wenn ich bitten darf!"

Das Schießen war ganz anders, als man es aus dem Fernsehen kannte. Es war entsetzlich laut – und das, obwohl man am Schießstand schalldämmende Ohrschützer trug. Wenn man abdrückte, hatte man das Gefühl, dass die Waffe in den Händen explodierte, so heftig war der Rückstoß. Pennys Handgelenke, nein, ihre ganzen Arme, schmerzten jetzt schon, obwohl sie erst ein paar Schussserien abgegeben hatte. Vom beißenden Gestank des Schießpulvers gar nicht zu reden.

Sie griff erneut nach dem Revolver, hielt ihn mit beiden Händen, und schaffte es dennoch nicht, den Abzug zu betätigen. Er ging sowas von streng. Sie musste erst den Hahn hinten an der Waffe spannen, um abdrücken zu können. Wie erbärmlich!

Dabei hatte sie in den Tagen vor dem Schießtraining schon mit einem umwerfenden vergoldeten Revolver im Mini-Format geliebäugelt, den sie im Shop der Argus Akademie entdeckt hatte. Die Heldin einer ihrer liebsten Krimiserien besaß so ein Ding. Und diese Detektivin feuerte die Waffe einhändig ab! Dabei war es völlig egal, ob sie gerade durch unwegsames Gelände robbte oder einem besonders finsteren Schurken hinterherjagte. Und natürlich verfehlte sie niemals ihr Ziel.

Abgesehen davon hatte die Ausbilderin Unrecht. Penny war nicht unkonzentriert. Im Gegenteil, sie beobachtete sehr genau. Es mochte der falsche Zeitpunkt sein, aber die Kursteilnehmerin, die gerade in der Bahn neben ihr mit einem Gewehr übte, zog ihre Aufmerksamkeit auf sich.

Sie hieß Miriam, soviel hatte Penny in der letzten Pause bereits in Erfahrung gebracht – und irgendetwas stimmte ganz und gar nicht mit ihr. Sie schoss zwar nicht ganz so schlecht wie Penny, aber sie wirkte so verbissen dabei. Und gleichzeitig so ängstlich. Sie war hier in diesem Schießkeller einfach völlig fehl am Platz.

Miriams Fingernägel waren abgekaut. Ihre Hände zitterten, auch jetzt wieder, als Penny erneut zu ihr hinüberschielte, statt endlich selbst abzudrücken. Sie trug ein silbernes Armband mit bunten Glassteinen und Zierperlen, die wie rosa Kaugummi-Kugeln aussahen. Dazwischen baumelten kleine Anhänger von der Kette. Delphine, Eulen, ein Teddybär, ja sogar der Hut eines Zauberers. Es war das Armband eines Teenagers. Miriam allerdings war sicher schon um die fünfundzwanzig. Ein paar Jahre jünger als Penny selbst. Kein kleines Kind mehr.

"Feuer frei, Frau Küfer!", donnerte die Ausbilderin hinter ihr. Penny schoss – und diesmal riss die Kugel immerhin ein Loch in den Rand der Zielscheibe.

Na also! Es war alles nur eine Frage der Übung. *Von wegen untalentierte Schützin!* Penny wandte den Kopf zu ihrer Trainerin um – diesmal darauf bedacht, die Waffenhand weiterhin nach vorn zu richten.

"Nur weiter", befahl Frau Steininger, anstatt ihr endlich einmal ein Lob auszusprechen.

Was für eine verbiesterte Zicke! Bestimmt hatte sie keinen Sex und aß zu wenig Schokolade!

Penny legte erneut an, doch wieder zog Miriam ihre Aufmerksamkeit auf sich. Die Hand der jungen Frau, die am Abzug des Gewehrs lag, zitterte so stark, dass die Anhänger an dem silbernen Armband wie kleine Glocken gegeneinander schlugen.

Außerdem trug Miriam ein Kleid, das gut in die Sonntagsmesse gepasst hätte, aber bestimmt nicht an einen Schießstand. Es war aus dickem grauem Wollstoff gefertigt, bieder und fantasielos.

Auf die Frage, warum Miriam den Waffenkurs besuchte – den jeder volljährige Bürger auch außerhalb der Detektivausbildung absolvieren konnte – hatte Penny bis jetzt keine Antwort erhalten. Sie hatte die verängstigte junge Frau diesbezüglich schon in der ersten Pause gelöchert, aber nichts weiter als ein paar Ausflüchte zu hören bekommen.

Miriam war Junior-Chefin in einem Hotel in Niederösterreich, das seit Generationen im Besitz ihrer Familie stand. So viel hatte Penny immerhin in Erfahrung bringen können. Das klang wahrlich nicht nach einem heißen Pflaster, wo man um sein Leben zittern musste. Wozu also brauchte Miriam einen Waffenschein?

Bei den anderen Kursteilnehmern war es offensichtlich. Das insgesamt neunköpfige Grüppchen setzte sich aus zwei Männern zusammen, die gemeinsam mit Penny den Detektivkurs belegt hatten, aus zwei weiteren, die eine Ausbildung als Personenschützer absolvierten, und darüber hinaus ein paar Nerds, Wutbürgern und Typen, denen man den Waffennarr schon auf hundert Meter Entfernung ansah.

Miriam passte zu dieser Gruppe wie die sprichwörtliche Faust aufs Auge.

Als Frau Steininger sie endlich in die Mittagspause entließ, beschloss Penny, ihrer Neugier freien Lauf zu lassen. Sonst würde es ja doch nichts werden mit dem konzentrierten

Schießen.

Sie trat neben Miriam an das bescheidene Pausenbuffett im Foyer der Argus Akademie, an dem es Cola, Kaffee und etwas Knabbergebäck gab und sprach sie an. "Wie gings dir so mit dem Gewehr?", begann sie. "Ist das noch schwieriger als mit dem Revolver?"

Miriam zuckte mit den Schultern. Sie war blass, ihre blonden Haare hätten einen neuen Schnitt vertragen, und ihre ziemlich groß geratenen Augen blickten Penny unsicher an. "Schwer zu sagen", meinte sie, sah dann einen Moment lang drein, als wolle sie noch etwas hinzufügen, blieb aber stumm.

"Ein schickes Armband hast du da", probierte Penny es mit einem etwas anderen Zugang. Sie deutete auf den silbernen Klein-Mädchen-Schmuck an Miriams Handgelenk und schenkte ihr ein Lächeln. Vielleicht half es, ein wenig persönlich zu werden, um das Eis zu brechen.

Miriam brach ohne die geringste Vorwarnung in Tränen aus.

Was zum Teufel? Hatte sie etwas Falsches gesagt?

Penny kramte ein Taschentuch aus ihren Jeans hervor und reichte es Miriam. "Sorry", sagte sie, obwohl sie nicht die geringste Ahnung hatte, wofür sie sich entschuldigte. Dann fasste sie die heulende junge Frau behutsam am Arm und führte sie aus dem Pausenraum, hinaus in einen kleinen Hinterhof. Ein bisschen frische, kalte Winterluft würde ihr bestimmt gut tun.

Miriam betupfte mit dem Taschentuch ihre Augen, doch ihre Tränen wollten nicht aufhören zu fließen. "Es war ein Geschenk meiner Oma", schniefte sie. "Das Armband." Sie strich mit den Fingerkuppen über das kitschig bunte Schmuckstück.

"Okay?", sagte Penny. Ihr war nicht ganz klar, warum man deswegen in Tränen ausbrechen musste.

"Großmutter ist tot!", rief Miriam im nächsten Moment. Sie biss sich auf die Unterlippe und zerknüllte das Taschentuch in ihrer Faust. "Sie wurde ermordet."

2.

"Ermordet?", echote Penny. Sie musste sich verhört haben.

Miriam hob den Kopf und reckte das Kinn vor. "Jawohl. Vorletzte Woche." Mit dem Ärmel ihres Kleides wischte sie sich die letzten Tränen aus den Augenwinkeln. "Die Polizei behauptet natürlich, dass es ein Unfall war. Aber das stimmt nicht. Deswegen bin ich hier. Ich habe Angst. Ich muss lernen, mich zu verteidigen." Sie blickte grimmig und entschlossen drein, dabei zitterten ihre Hände aber noch immer wie Espenlaub.

"Ich wäre gern wie du, Penny", sagte sie plötzlich. "Du bist so furchtlos. Und du gehst so mühelos mit diesen schrecklichen Dingern um."

"Was denn für Dinger?"

"Na, die Waffen."

Penny lachte laut auf. "Mühelos? Ich treffe nicht mal die Zielscheibe!"

"Aber du hast keine Angst! Das ist mir schon heute Morgen aufgefallen. Du lässt dich nicht einschüchtern von der alten Schreckschraube."

"Frau Steininger?"

Miriam nickte. "Ich finde sie gruselig."

"Da hast du recht", pflichtete Penny ihr bei.

"Und warum willst du den Waffenschein machen?", fragte Miriam weiter. Ihre Tränen waren jetzt versiegt, und sie wirkte auch nicht mehr so verschlossen wie noch in der

Pause zuvor.

"Ich mache die Ausbildung zur Berufsdetektivin", erklärte Penny mit einem Anflug von Stolz.

"Wow! Echt?" Miriams Augen leuchteten auf.

Penny nickte. "Ja, und ich habe sogar schon einen echten Mordfall gelöst."

Sie biss sich auf die Zunge. Das hatte sie nicht sagen wollen. Es klang furchtbar prahlerisch, auch wenn es der Wahrheit entsprach. Ihre Mutter war eine schreckliche Angeberin, und Penny wollte keinesfalls so werden wie Frederike Küfer.

Aber ein bisschen stolz war sie schon auf sich, dass sie die Morde im Okzident Express hatte aufklären können. Sie hatte es in dem Luxuszug mit einem besonders heimtückischen Killer zu tun bekommen, ihm am Ende jedoch das Handwerk legen können. Das war erst wenige Wochen her.

Miriams Augen wurden noch größer. "Im Ernst?"

"Mhm", sagte Penny, dann wechselte sie rasch das Thema. "Wieso denkst du denn, dass der Tod deiner Großmutter kein Unfall war?", fragte sie.

Miriams Unterlippe bebte, aber diesmal behielt sie die Kontrolle über sich. Es kamen keine neuen Tränen mehr. Sie sah Penny eindringlich an und beschloss dann anscheinend, dass sie ihr trauen konnte. "Großmutter fiel die Treppe hinunter", sagte sie mit rauer Stimme. "Bei uns im Hotel. Das heißt, sie fiel nicht, sie wurde gestoßen! Dessen bin ich mir sicher."

"Fand die Polizei denn Hinweise auf einen Kampf?"

"Nein. Nichts dergleichen. Deswegen beharren sie ja darauf, dass es ein Unfall gewesen sein muss. Aber sie wurde geschubst. So etwas hinterlässt keine Spuren, oder?"

Penny nickte zögerlich, sagte aber nichts.

"Ich hab sie schreien gehört", fuhr Miriam fort. "Als sie stürzte. Und nur dreißig Sekunden später war ich an der Treppe. Mein Zimmer liegt ganz in der Nähe, neben dem von Oma. Ich fand sie. Sie sah fürchterlich aus. Wie eine Puppe mit völlig verrenkten Gliedmaßen."

"Wie schrecklich", sagte Penny.

Miriam schluckte. "Da waren Schritte. Ich habe eindeutig Schritte gehört. Jemand lief davon. Und diese Person muss dabei gewesen sein, als Oma fiel."

"Und du hast nicht gesehen, wer es war?"

"Nein, unten am Fuß der Treppe war es stockdunkel. Nur oben am Gang brannte das Nachtlicht. Es war halb drei Uhr morgens. Und von der Halle aus kann man in alle möglichen Richtungen verschwinden. Das Hotel ist sehr weitläufig, auch wenn das meiste davon schon lange nicht mehr genutzt wird."

"Und du denkst, dass diese Person, die du gehört hast, deine Großmutter gestoßen hat?"

"Ja. Sonst hätte sie doch nicht abhauen müssen, nicht wahr? Ich meine, wenn dieser Jemand mit Großmutter gemeinsam die Treppe hinunterwollte, oder aus einem ganz harmlosen Grund in der Nähe war – dann hätte er ihr doch bestimmt helfen wollen, oder? Als sie stürzte. Er wäre zu ihr gelaufen, um zu sehen, ob sie noch lebte. Er hätte sofort die Rettung gerufen, anstatt sich aus dem Staub zu machen."

Penny stimmte ihr zu. Nur wer ein verdammt schlechtes Gewissen hatte, ergriff in so einer Situation die Flucht.

"Großmutter war eine Detektivin", sagte Miriam, "genau

wie du. Das heißt, offiziell führte sie natürlich das Hotel, aber sie ermittelte als Amateurin. Und sie war fantastisch! Sie untersuchte Mordfälle. Brachte Verbrecher zur Strecke. Auch wenn ihr die Polizei oft nicht glaubte. Sie war immer auf der Hut, auch wenn sie mehr als nur einmal in Gefahr geriet. Nie ist ihr etwas zugestoßen. Sie war immer schlauer als die Mörder. Es muss ein schrecklich gerissener Typ gewesen sein, der sie umbrachte. Und das macht mir Angst – ich meine, wenn Großmutter ihn nicht durchschaute, wie soll ich dann gegen ihn ankommen? Aber ich muss die Sache aufklären, verstehst du? Das bin ich Oma schuldig!"

Sie atmete schwer aus, dann führte sie den Zeigefinger ihrer linken Hand an die Lippen und begann an dem ohnehin schon ganz abgekauten Nagel zu knabbern.

Eine Amateurdetektivin, die Mordfälle löste? Penny traute ihren Ohren nicht. Sie hätte schwören können, dass so etwas nur in Büchern existierte. "Wie hieß denn deine Großmutter?", fragte sie nach. "Sollte ich von ihr gehört haben?"

"Johanna Lempra", erwiderte Miriam. "Aber es würde mich wundern, wenn du von ihr gehört hättest. Es gab zwar schon den einen oder anderen Artikel über sie. Aber nur in niederösterreichischen Lokalblättern. Im Allgemeinen mochte Oma keine Aufmerksamkeit. Sie arbeitete viel lieber im Verborgenen."

"Und ermittelte sie gerade in einem Mordfall?", fragte Penny nach.

Miriam legte den Kopf schief. "Möglicherweise. Ich glaube schon."

"Du glaubst?"

"Na ja, ich habe mich da immer rausgehalten, weißt du ...

aus Omas Schnüffeleien. Ich bin nicht so wie sie. Oder wie du. Es macht mir Angst – allein die Vorstellung, dass so viele Verbrechen passieren, die nie von der Polizei entdeckt werden. Dass so viele Mörder mit ihren Taten davonkommen. Oder davonkommen würden, wenn es nicht Menschen wie meine Oma gäbe."

"Sie war sicher froh, dass du dich rausgehalten hast", sagte Penny. "Sie wollte dich bestimmt nicht in Gefahr bringen."

Miriam trat verlegen von einem Fuß auf den anderen. Dann schlang sie ihre Arme um sich. In dem kleinen Innenhof war es schrecklich kalt, schließlich hatten sie Mitte Februar. Penny fror erbärmlich, aber sie wollte Miriam jetzt keinesfalls unterbrechen. Womöglich würde sie sich wieder verschließen, wenn sie in den Pausenraum zurückkehrten, wo es keinerlei Privatsphäre für ein solches Gespräch gab.

Die Story, die Miriam ihr da auftischte, war unglaublich. Aber wie eine notorische Lügnerin, die sich fantastische Geschichten ausdachte, nur um im Mittelpunkt der Aufmerksamkeit zu stehen, wirkte diese junge Frau mit den abgekauten Fingernägeln bei Gott nicht.

"Eigentlich hätte Oma es gern gesehen, wenn ich ihr geholfen hätte. Sie hat öfters versucht, mich für ihre Ermittlungen zu begeistern. Sie wollte sogar, dass ich in ihre Fußstapfen trete, ihre Arbeit weiterführe, wenn –"

Miriam unterbrach sich, schluckte schwer. "Wenn sie einmal nicht mehr ist. Sie war schon älter, nicht mehr so mobil, weißt du? Sie bat mich manchmal um Hilfsdienste, ich sollte etwas beobachten, eine Info beschaffen, etwas vor Ort recherchieren. Eh nichts Gefährliches. Aber ich Feigling habe mich davor immer gedrückt."

Wieder begann Miriam an ihren Nägeln zu kauen. Dann jedoch presste sie die Lippen zusammen und hob den Kopf. "Jetzt bin ich es ihr schuldig, verstehst du? Ich muss ihren Tod aufklären. Ich darf ihren Mörder nicht einfach ungestraft davonkommen lassen. Deswegen mache ich diesen Kurs hier. Damit ich mich verteidigen kann."

"Denkst du denn, dass du im echten Leben eine Waffe abfeuern könntest?", fragte Penny. "Auf einen Menschen, selbst wenn er dich angreift?"

Anstelle einer Antwort sah Miriam beschämt zur Seite. "Ja doch", nuschelte sie, aber es war offensichtlich, dass sie das selbst nicht glaubte.

"Du sagtest, dass deine Großmutter möglicherweise gerade in einem Mordfall ermittelt hat", fuhr Penny fort. "Was hat sie dir denn darüber erzählt?"

"Das ist es ja", sagte Miriam. "Gar nichts. Und das ist ungewöhnlich. Sonst hat sie mich fast immer eingeweiht, auch wenn ich nichts von ihren Ermittlungen wissen wollte. Zumindest ein paar Dinge hat sie mir immer erzählt."

"Und diesmal gar nichts?"

"Kein Sterbenswort. Es war nicht wie sonst. Ich denke aber trotzdem, dass sie hinter etwas her war. Oder hinter jemandem, besser gesagt. Sie war in diesem besonderen Modus, *auf der Jagd* – so habe ich es oft genannt. Sie hatte da immer so einen speziellen Blick, wenn sie einem Mörder auf der Spur war. Besser kann ich es nicht erklären. Sie grübelte viel nach."

Miriam zuckte mit den Schultern. "Und in den letzten Wochen hat sie das auch getan. Aber kein Wort darüber verlauten lassen, woran sie arbeitete."

"Und du hast auch nicht nachgefragt?"

"Ich war ehrlich gesagt froh über ihr Schweigen. Ich dachte, sie hätte es endlich aufgegeben, auch aus mir eine Schnüfflerin machen zu wollen. Dass sie eingesehen hatte, wie aussichtslos das war. Aber jetzt glaube ich, dass sie mich raushalten wollte, weil sie diesen Mörder für besonders gefährlich hielt. Und es muss jemand aus unserer Mitte sein. Jemand, der bei uns wohnt!"

"Bei euch im Hotel? Ein Gast, meinst du?"

"Ja. Das heißt, nicht ganz. Wir sind nicht so ein richtiges Hotel, wo die Gäste kommen und gehen, weißt du. Früher war das mal so. Das Haus ist riesig und schon seit hundertzwanzig Jahren im Familienbesitz. Zu Zeiten der Monarchie war es ein Grandhotel, das total beliebt war bei den Sommerfrischlern. Aber heutzutage ist der Tourismus in unserer Gegend tot. Er war es schon, als noch meine Urgroßmutter das Haus führte. Wir haben ein oder zwei Dauermieter, die bei uns wohnen und gelegentlich einen Gast, der für ein paar Wochen in der Einöde ausspannen will. Im Sommer ein paar Wandertouristen. Aber das wars. Na ja, und etwas Personal, weil wir auch ein Restaurant im Hotel betreiben. Das läuft noch einigermaßen, damit bestreiten wir unseren Lebensunterhalt. Da kommt regelmäßig etwas Kundschaft aus der Umgebung. Weil es kaum noch Restaurants gibt. Unser ganzer Bezirk ist so eine Region, wo die Leute abwandern."

"Wie heißt denn der Ort, in dem euer Hotel liegt?", fragte Penny.

"Mönchswald. Das ist ganz in der Nähe des Semmerings, etwas weiter südlich. Eine gute Stunde von Wien. Unser

Hotel heißt auch so. *Grandhotel Mönchswald*. Früher hatten wir einmal fünf Sterne."

Penny schüttelte den Kopf. "Sorry, aber das sagt mir gar nichts."

"Kein Wunder", erwiderte Miriam. "Ich bin in Mönchswald geboren und aufgewachsen, aber für den Rest der Welt ist mein Heimatort ein Lost Place."

3.

"Ein Lost Place?", wiederholte Penny. "Ein verlorener Ort?"

"Ja. Das klingt doch irgendwie romantisch, nicht wahr?", sagte Miriam und lächelte schüchtern. "Den Begriff habe ich von Armin, einem unserer Dauergäste. Und der muss es wissen. Er sammelt solche Orte. Verlassene und vergessene alte Gebäude, Kirchen, Fabriken, Sanatorien, Schulen ... oder sogar ganze Ortschaften wie Mönchswald. Bei uns in der Gemeinde gibt es mehr leerstehende Gebäude als bewohnte."

"Er sammelt diese Orte?"

Miriam nickte. "Er schreibt Bücher über Lost Places, macht Fotodokumentationen, hält Vorträge. Er ist in ganz Europa damit unterwegs und sehr erfolgreich, glaube ich."

In ihrer Stimme lag unverhohlene Bewunderung. "Armin meint, den Menschen gefällt der morbide Charme dieser Plätze. Die geheimnisvolle, manchmal sogar ziemlich gruselige Atmosphäre. So lange sie nicht dort leben müssen."

"Ich verstehe, was du meinst", sagte Penny. Orte, wie Miriam sie da beschrieb, hatten auf sie selbst auch schon immer eine starke Anziehung ausgeübt. "Und warum denkst du, dass deine Großmutter von einem Hausbewohner umgebracht wurde?", lenkte sie das Gespräch auf den Mordfall zurück.

Miriams Stirn legte sich in Falten, was sie unvermittelt um ein paar Jahre älter aussehen ließ. "Es war halb drei Uhr morgens, als Oma die Treppe hinunterfiel. Um diese Zeit hat unser Restaurant längst geschlossen. Und kein Fremder war im Hotel. Es wurde auch nicht eingebrochen oder so."

"Du denkst also, dass du mit einem Mörder unter einem Dach wohnst?", sagte Penny. Was für eine schreckliche Vorstellung.

Miriam nickte heftig. "Und da ist noch etwas. Ich habe es noch niemandem erzählt, und du hältst mich bestimmt für verrückt –" Sie stockte und wandte den Kopf ab.

"Du kannst mir vertrauen", sagte Penny behutsam. "Und wenn ich dir irgendwie helfen kann –"

Weiter kam sie nicht. "Würdest du das wirklich tun?", fiel Miriam ihr ins Wort. "Mir helfen? Oh bitte, das würde mir so viel bedeuten. Ich denke nicht, dass ich es allein schaffen werde. Wenn ich ehrlich bin. Ich kann kaum noch schlafen, seit Oma gestorben ist. Und essen auch nicht. Mir ist ganz schlecht vor Angst", gestand sie.

"Ich helfe dir gern", sagte Penny und lächelte ihr aufmunternd zu. "Sag mir, was ich tun kann."

Miriam zögerte einen Augenblick. Dann begann sie: "Würdest du ... also könntest du dir vorstellen, ein paar Tage bei uns zu verbringen? Am Wochenende vielleicht? Du könntest dir alles vor Ort ansehen, ermitteln, so wie Oma es immer getan hat. Bestimmt kannst du herausfinden, wer sie getötet hat!"

"Du meinst dieses Wochenende?"

"Wenn du Zeit hast?"

Penny musste sich eingestehen, dass sie Zeit hatte – auch wenn ihr das gar nicht gefiel. Ursprünglich hatte sie einen Wochenendausflug nach St. Anton am Arlberg geplant, ein todschicker Wintersportort in den österreichischen Alpen.

Nicht, weil sie so eine begeisterte Skiläuferin war, sondern weil sie Jürgen Moser wiedersehen wollte, jenen jungen Polizisten, den sie bei ihren Mordermittlungen im Okzident Express kennengelernt hatte. Es hatte ganz schön geknistert zwischen dem gutaussehenden Inspektor und ihr, und das, obwohl die Ereignisse im Zug romantischen Gefühlen nicht gerade zuträglich gewesen waren.

Aber danach hatte Jürgen sich nicht mehr gemeldet. Kein Sterbenswörtchen, kein Anruf, keine SMS. Als selbstbewusste moderne Frau hatte schließlich Penny die Initiative ergriffen und eine Nachricht gesendet.

Bin am kommenden Wochenende in Tirol.
Wie wärs mit einem Kaffee?

Zwangloser Plauderton, ganz unverbindlich. Nur nicht den Eindruck entstehen lassen, dass sie ihn um jeden Preis wiedersehen wollte. Am Montag hatte sie die SMS abgeschickt. Am Dienstagmorgen hatte Jürgen geantwortet.

Hallo Penny, schön von dir zu hören.
Ich würde mich freuen, mit dir auf einen Kaffee zu gehen. Ich denke oft an dich, muss ich gestehen – aber du solltest wissen, dass ich nicht mehr Single bin. Meine Ex-Freundin und ich wollen unserer Beziehung noch eine Chance geben. Wir hatten uns getrennt, kurz vor der Sache im Okzident Express. Es tut mir leid ...

Von einer Ex hatte Jürgen bei ihrer Begegnung im Zug kein Wort erwähnt. Was vermutlich daran lag, dass sie sich mitten in einem Mordfall kennengelernt hatten. Aber trotzdem.

Nun, tröstete sich Penny, jetzt wartete anscheinend ein neuer Mordfall auf sie – und so etwas durfte man nicht auf die lange Bank schieben. So gesehen traf es sich gut, dass sie dieses Wochenende nichts vorhatte, und einmal in diesem Grandhotel Mönchswald nach dem Rechten sehen konnte. Wer wollte schon ein Weekend mit einem Date verplempern, wenn es ein Kapitalverbrechen aufzuklären gab!

Miriam blickte Penny hoffnungsvoll an. "Denkst du, du kannst es einrichten, nach Mönchswald zu kommen? Ich bezahle dir auch ein Honorar! Ich habe ein bisschen was gespart, von meinen Trinkgeldern im Restaurant. Zum Geldausgeben gibts bei uns ja kaum Möglichkeiten."

"Das ist nicht nötig", sagte Penny. "Und ich darf auch gar kein Honorar annehmen. Ich bin ja noch lange keine Berufsdetektivin. Ich sagte dir doch, dass ich noch mitten in der Ausbildung stecke."

Miriam schüttelte den Kopf. "Das ist mir egal. Dann eben ein Geschenk, eine Spende oder wie immer du es nennen magst. Du bist sicher eine gute Detektivin. Du hast den gleichen Blick wie Oma, wenn sie wieder einmal auf Verbrecherjagd ging. Du guckst mich schon die ganze Zeit so an, seit ich begonnen habe, dir von dem Mord zu erzählen."

Penny erwiderte nichts. War es ihr so offensichtlich anzusehen, wie sehr sie Mordfälle liebte? Wie sehr sie sich danach sehnte, herumzuschnüffeln, Fragen zu stellen, Spuren zu verfolgen?

Es war ihre ganz große Leidenschaft, keine Frage, aber dennoch plagte sie ihr Gewissen. Es war doch bestimmt falsch, eine solche Begeisterung zu empfinden, für etwas so Morbides wie einen gewaltsamen Todesfall? Außerdem wollte sie Miriam keinesfalls Hoffnungen machen, dass sie den Tod ihrer Großmutter tatsächlich würde aufklären können.

"Ich werde es versuchen, okay?", sagte sie zu ihrer neuen Klientin, die sie in diesem Augenblick ansah wie ein hilfloser Welpe. Große runde Augen, in denen nichts lag außer einem Flehen und bedingungslosem Vertrauen.

Miriam nickte mehrmals. "Oh, ich danke dir, Penny! Du bekommst unser schönstes Zimmer und alles, was Küche und Keller bei uns zu bieten haben! Und natürlich werde ich dir helfen, so gut ich kann. Ich übernehme jeden Handlangerdienst, den du mir aufträgst."

"Ich brauche keinen Handlanger", sagte Penny rasch. Sie war kein Sherlock Holmes, der sich einen Doktor Watson hielt, um seine volle Genialität zu entfalten. Sie war nichts weiter als eine blutige Anfängerin, die einmal Glück gehabt hatte. In ihrem ersten Mordfall.

Das Herz pochte ihr im Hals. Würde die zweite Ermittlung, zu der sie sich gerade überreden ließ, ihr zum Verhängnis werden? Überschätzte sie sich hoffnungslos?

Wenn Miriam recht hatte, und dieser Mörder eine erfahrene Ermittlerin wie Johanna Lempra getötet hatte, welche Chance hatte dann Penny Küfer, Studentin an der Argus Akademie, die noch nicht einmal eine Waffe gerade halten konnte?

Oder machte Miriam sich am Ende doch etwas vor, weil sie den Tod ihrer Oma nicht verkraften konnte? War die alte Dame doch einfach nur auf der Treppe gestolpert und eines ganz natürlichen Todes gestorben? War da wirklich eine finstere Gestalt am Tatort gewesen, die sich heimlich, still und leise davongestohlen hatte, anstatt Hilfe zu leisten? Hatte Miriam sich die Schritte in der Dunkelheit, die sie gehört haben wollte, am Ende nur eingebildet?

Der Schmerz um den Verlust eines geliebten Menschen konnte seltsame Dinge bewirken, ganz besonders vermutlich in einsamen Winternächten und in einem Hotel, das die Bezeichnung Lost Place verdiente. In ihrer Detektivausbildung hatte Penny schon das eine oder andere gelernt, über die Psychologie von Opfern und Tätern, aber in Summe doch bestenfalls die Oberfläche gestreift. Auf ihrem Stapel ungelesener Bücher wartete jede Menge Lektüre zu diesem Thema auf sie.

Wäre vielleicht nicht schlecht, mal etwas Zeit mit Lesen zu verbringen, anstatt deine Nase in echte Mordfälle zu stecken, dachte Penny – doch im nächsten Augenblick war der Anfall von Selbstkritik auch schon wieder vorüber. Echte Mordfälle waren einfach viel spannender als jedes noch so praxisorientierte Buch.

"Penny?", fragte Miriam. "Ist alles in Ordnung?"

"Was? Ja, ja natürlich." Sie wischte ihre Zweifel beiseite und wandte sich wieder ihrer frischgebackenen Auftraggeberin zu: "Du hast vorhin erwähnt, dass da noch etwas ist, das du mir erzählen wolltest. Im Zusammenhang mit dem Mord an deiner Großmutter?"

Miriam zögerte. Die Hoffnung, die eben noch in ihren Augen gelegen hatte, wich wieder jenem Ausdruck von Unsicherheit und Angst, den Penny schon den ganzen Vormittag über hatte beobachten können.

"Bist du eigentlich religiös?", fragte Miriam unvermittelt.

Penny trat einen Schritt zurück, ohne dass sie das beabsichtigt hatte. "Bitte was? Nicht so sehr – warum?"

"Also ich eigentlich auch nicht", drückte Miriam herum, "aber ich glaube, dass Omas Seele keine Ruhe findet. Oder wie immer man das ausdrücken will."

Penny sah sie verständnislos an.

"Sie ... wurde gesehen. Mehrfach." Miriam griff nach Pennys Arm, drückte ihn fest. "Ich glaube, sie geht ihm Hotel um!"

"Ein Geist, willst du sagen?" *Das kann doch unmöglich dein Ernst sein.*

Miriam nickte heftig. "Ja. Ich weiß, wie das klingt. Aber ich kann es mir nicht anders erklären. Und man hört doch immer wieder einmal so seltsame Geschichten." Sie kniff die Augen zusammen und führte erneut einen ihrer Finger zum Mund, um daran zu knabbern. "Ich glaube, Oma will mir damit sagen, dass ich nicht ruhen darf. Nicht, bevor ihr Mörder seine gerechte Strafe erhält. Oh Gott, ich hoffe, du kannst mir helfen, Penny!"

4.

Freitag, 8. Februar, Mönchswald

Penny stellte ihr Jaguar Sportcoupé auf dem verwaisten Parkplatz hinter dem Grandhotel ab. Mühelos hatte ihr kleines schwarzes Kätzchen, wie sie das Auto liebevoll nannte, die Serpentinen genommen, die nach Mönchswald hinaufführten.

Der Ort lag auf fast tausend Meter Seehöhe und wirkte genauso verlassen und morbid, wie Penny ihn sich nach Miriams Beschreibung vorgestellt hatte. Jedes zweite Gebäude war unbewohnt oder befand sich bereits in einem fortgeschrittenen Stadium des Verfalls. Die modernste Architektur, die man hier zu sehen bekam, stammte aus den Siebzigerjahren. Und auf der kurzen Fahrt durch die Ortsmitte hatte Penny exakt zwei Menschen auf der Straße gezählt. Obwohl es gerade mal kurz nach 17 Uhr war.

Auf den Wiesen und Wäldern, die das Grandhotel Mönchswald umgaben, lagen Reste von Schnee. Penny zippte ihre Jacke bis zum Kragen zu, dann wuchtete sie ihre Reisetasche aus dem Kofferraum. Als sie die Heckklappe wieder schloss, strich sie zärtlich über den schwarzen Lack ihres schnuckeligen kleinen Sportwagens.

Bald wird es vorbei sein, dachte sie wehmütig. Bald würde sie sich irgendeine Schrottmühle zulegen müssen oder überhaupt zur Busfahrerin werden. Die Zeiten, in denen sie ihren Lebensunterhalt mit dem Geld ihrer Mutter bestritten hatte, gehörten der Vergangenheit an. Und auch all die damit einhergehenden Annehmlichkeiten. Der Jaguar war jetzt kein Luxusspielzeug mehr, sondern eine Geldreserve auf Rädern, die sie wohl demnächst würde liquidieren müssen.

Schluss mit Jammern, ermahnte sie sich. Sie war kein Luxuspüppchen, das über den Verlust eines Autos weinte. Sie war jetzt eine Detektivin! Na ja, fürs erste noch inoffiziell – aber immerhin war sie an den Schauplatz eines Mordes gerufen worden. Von einer zahlenden Klientin!

Sie sah sich um. Versuchte, sich ein Bild von dem ehrwürdigen alten Hotel zu machen, das vor ihr in der Dunkelheit aufragte. Es war mehr breit als hoch, bestand aus einem Hauptgebäude und zwei Seitenflügeln, mit unzähligen Türmchen und Erkern. Auch wenn die kunstvoll gegliederte Fassade dringend einen neuen Anstrich brauchte, so war doch noch der Charme und die Eleganz zu erkennen, die dieses Gebäude einst ausgestrahlt haben musste.

In diesem Augenblick bemerkte sie den Mann mit der Taschenlampe. Er bog gerade um die hintere Ecke von einem der Seitenflügel, die anscheinend beide völlig unbewohnt waren. Jedenfalls brannte in keinem der Trakte ein Licht.

Der Mann lief langsam, nein, er schlich – und schien sich im schwachen Glimmen seiner Lampe die Fenster im Erdgeschoß näher zu besehen. Hatte das Ding altersschwache Batterien? Oder hatte dieser Kerl, der ums Haus strich, die Lampe absichtlich auf die kleinste Stufe gedreht? Um nicht gesehen zu werden?

Ein Einbrecher? Hier? Er konnte doch nicht ernsthaft

annehmen, dass es in dem alten Kasten etwas zu holen gab.

Penny zögerte einen Moment. Der Hintereingang des Hotels lag direkt vor ihr, aber auch er war unbeleuchtet. War das Haus überhaupt noch von dieser Seite zugänglich? Konnte sie sich ins Innere flüchten, wenn dieser Mann tatsächlich etwas Finsteres im Schilde führte? Sollte sie ihn zur Rede stellen, was er hier trieb?

Sie kam nicht dazu, eine Entscheidung zu fällen, denn in diesem Augenblick wurde sie bemerkt. "Hallo, Sie da!", rief der Mann plötzlich, und dann kam er auch schon mit großen Schritten auf sie zugelaufen.

Penny fror an Ort und Stelle fest. Jetzt noch zum Hintereingang zu gelangen, bevor der Mann sie erreichte, war aussichtlos.

Er hob die Lampe an, leuchtete ihr ins Gesicht und überwand die letzten paar Meter, die sie trennten, bemerkenswert schnell. Schließlich kam er keuchend vor ihr zu stehen – und wirkte auf den zweiten Blick gar nicht mehr so gefährlich. Er war einen halben Kopf kleiner als Penny und seine Schultern waren schmaler als die ihrigen. Auf seinem Kopf wuchsen nur noch wenige Haare, die dafür wild abstanden. Was ihm, zusammen mit seiner spitzen Nase, ein vogelartiges Aussehen verlieh. Und seine Kondition war auch nicht die allerbeste. Er schnaufte und stieß dampfend weiße Atemwolken aus.

Er musterte sie eine Sekunde lang im Schein der Lampe, dann betrachtete er prüfend den Jaguar. "Toller Wagen", sagte er und versuchte sich an einem Pfiff durch seine schief stehenden Zähne. "Sagen Sie bloß, Sie sind ein Gast?" Er deutete mit dem Daumen auf das Hotel.

Penny schluckte. "Das kann man sagen. Ja. Penny Küfer. Und Sie sind?"

Er klemmte die Lampe unter seiner Achsel ein und streckte ihr eine knorrige Hand entgegen. "Jakub. Ich bin der Hausmeister. Und das Zimmermädchen." Er verzog seinen Mund.

Zögerlich ergriff Penny seine Hand. Schüttelte sie. "Und was tun Sie hier draußen?", fragte sie misstrauisch. Wenn der Mann die Wahrheit sagte und tatsächlich hier arbeitete, warum schlich er auf so seltsame Art ums Haus?

"Ich sorge für die Sicherheit", sagte er großspurig. "Es hat einen Zwischenfall gegeben, und Fräulein Miriam hat mich beauftragt, hier draußen nach Spuren zu suchen."

"Was denn für einen Zwischenfall?"

Er kniff die Augen zusammen. "Sind Sie die Detektivin, richtig? Fräulein Miriam hat Ihren Namen erwähnt. Sie sagte, dass Sie kommen würden und ich habe bereits Ihr Zimmer hergerichtet." Wieder dieser großspurige Tonfall. Anscheinend sah Jakub sich in einer gewichtigen Rolle in dem alten Grandhotel.

Aber immerhin schien er Miriam zu kennen und auch über Pennys Ankunft unterrichtet worden zu sein. Was die Wahrscheinlichkeit reduzierte, dass er doch ein Einbrecher war. Ein sehr gewiefter, der spontan entschieden haben mochte, dass Penny - und vor allem ihr Wagen - ein vielversprechenderes Ziel seiner Bemühungen war als das alte Grandhotel.

Jakub nahm ihr wortlos die Reisetasche aus der Hand, dann musterte er sie erneut. "Sie sind ziemlich jung für eine Detektivin", sagte er. "Und hübsch." Er verzog die

Mundwinkel zu einem Lächeln, das wohl charmant wirken sollte. Was ihm misslang.

"Mir war nicht bewusst, dass man alt und hässlich sein muss, um eine gute Detektivin zu sein", gab Penny grinsend zurück. "Aber was ist denn nun geschehen? Der Zwischenfall, den Sie erwähnt haben?"

Sein Lächeln erstarb, einen Moment lang sah er sich argwöhnisch um, auf dem völlig verlassenen Parkplatz, aber dann rückte er doch endlich mit der Sprache heraus. "Es wurde eingebrochen, letzte Nacht. Drüben auf der anderen Seite wurde ein Kellerfenster eingeschlagen."

Er deutete mit dem Finger auf den Seitenflügel, um den er vorhin herumgeschlichen war. "Ich bringe Sie mal ins Haus, zu Fräulein Miriam, dann werde ich noch den Westtrakt kontrollieren." Wieder hörte er sich an wie ein Geheimagent, der niemand Geringerem diente als der Krone.

Ein Einbruch? Penny folgte dem Mann wortlos ins Haus. Sie blieb auf der Hut, ob er nicht doch noch versuchen würde, ihr seine Funzel von Taschenlampe über den Kopf zu ziehen, und sich mit ihren Autoschlüsseln davonzumachen.

Doch nichts dergleichen geschah. Jakub fischte einen dicken Schlüsselbund aus der Jackentasche und schloss die Hintertür des Grandhotels auf. Dann führte er Penny durch dunkle, verlassene Gänge, bis sie im Foyer des Hotels landeten.

Es war eine sehr geräumige Halle, die nur noch spärlich möbliert war, aber mit ihrer Größe, den verstaubten Kristalllustern und der dunklen Wandvertäfelung dennoch beeindruckte. Am hinteren Ende wand sich eine nostalgische alte Holztreppe nach oben – und auf den Stufen dieser Treppe saß Miriam.

Sie wirkte verstört, nein, fast panisch. Als sie Penny erblickte, sprang sie auf und kam auf sie zugelaufen. "Oh Gott sei Dank, endlich bist du da!" Sie schlang ihre Arme um Pennys Hals und erdrückte sie beinahe.

Hinter Miriam tauchte ein dunkelhaariger Mann auf, der eben noch neben ihr auf der Treppe gesessen hatte. Er war das genaue Gegenteil von Jakub: groß, breitschultrig – und verdammt gutaussehend. Seine Kinnlinie war hart und männlich, sein Körper bestens trainiert, und auch wenn er zwanzig Jahre älter als Miriam sein mochte, so schien er ihr doch sehr zugetan zu sein.

Mehr als nur freundschaftlich, ging es Penny durch den Kopf. Er legte seinen Arm um Miriams Schultern, kaum dass sie Penny wieder losgelassen hatte.

"Armin Keyser", stellte er sich vor. "Ich bin Gast im Hotel."

"Er ist der Lost Places Forscher, von dem ich dir erzählt habe", ergänzte Miriam. "Ich bin so froh, dass er mir beisteht."

"Das ist doch selbstverständlich", sagte er galant.

Miriam warf ihm einen bewundernden Blick zu, doch dann verfinsterte ihr blasses Gesicht sich wieder. "Oh Penny, es ist schrecklich. Jemand war in Omas Archiv!"

Penny antwortete nicht gleich, denn etwas an Armins Kleidung zog ihre Aufmerksamkeit auf sich. Er trug teure Klamotten, Funktionskleidung eines bekannten Outdoor Labels und dazu leichte Sportschuhe. Eindeutig nichts, was man um diese Jahreszeit draußen getragen hätte, wo es eiskalt und matschig war. Und dennoch waren die Schuhe verschmutzt. Staubig, um präzise zu sein. Als hätte er sich auf einer Baustelle aufgehalten.

Penny kniff die Augen zusammen. Vielleicht sollte sie sich doch einmal die Brille zulegen, zu der ihr der Augenarzt schon seit Jahren riet. Aber ja doch, das, was da an Armins linkem Hosenbein klebte, das waren eindeutig Reste von Spinnweben.

Ihr Blick wanderte an ihm hoch. Und blieb erneut hängen, als sie seine Hände betrachtete. Armins Fingernägel waren zwar perfekt in Form geschnitten, aber darunter waren unappetitliche Schmutzränder zu sehen. Sein gepflegtes Haar hingegen und sein akribisch getrimmter Bart deuteten auf einen Mann hin, der es mit der Körperpflege sehr genau nahm. Jemand, der Wert auf sein Aussehen legte.

"In Großmutters Archiv wurde eingebrochen", holte Miriam sie aus ihren Betrachtungen. "Ich habe es eben vorhin entdeckt. Er hat ein ziemliches Chaos hinterlassen. Oh Penny, ich bin mir sicher, dass es Omas Mörder war!"

"Euer Hausmeister sagte, dass ein Kellerfenster eingeschlagen wurde", erwiderte Penny. Sie warf Jakub, der neben ihnen stand, einen Seitenblick zu. Er hielt noch immer Pennys Reisetasche und dachte anscheinend nicht daran, sich wieder anderen Aufgaben im Haus zuzuwenden. Er schien die Aufregung rund um den Einbruch regelrecht zu genießen. Jedenfalls leuchteten seine dunklen Augen und er schien jedes Wort ihres Gesprächs genau zu verfolgen.

"Das mit dem Kellerfenster war nur eine Ablenkung", sagte Miriam. "Er wollte, dass es nach einem Einbruch aussieht, verstehst du! Er wollte uns glauben machen, dass es jemand von außerhalb war."

Penny hätte zu gern gewusst, wie Miriam zu dieser Schlussfolgerung kam. Aber das Gespräch mit ihrer Auftraggeberin musste unter vier Augen geführt werden. Nicht im Beisein des Hausmeisters. Oder dieses Armins, der Miriam noch immer in seinem Arm hielt.

Wenn hier im Grandhotel Mönchswald tatsächlich ein Mord verübt worden war, so gehörten diese beiden Männer zu den Tatverdächtigen. Es kam also nicht in Frage, den Fall in ihrem Beisein zu besprechen.

5.

Penny setzte eine – hoffentlich – professionelle Miene auf und wandte sich an die beiden Männer: "Meine Herren, danke, dass Sie Miriam beigestanden haben. Würden Sie uns jetzt allein lassen, bitte? Ich denke doch, die Situation ist fürs erste unter Kontrolle."

"... werde meinen Rundgang beenden", nuschelte Jakub, der sichtlich nicht erfreut war.

Armin hingegen wandte sich direkt an Miriam. In seinen Augen lag der Blick eines Ritters, galant und um das Wohlergehen seiner Lady besorgt. "Dann gehe ich zwischenzeitlich mal etwas essen, okay?" Er deutete mit dem Kopf ans andere Ende der Halle, wo ein großes Schild neben einer Doppeltür auf das Hotelrestaurant verwies.

"Ich habe den ganzen Tag noch keinen Bissen zu mir genommen", fügte er hinzu. "Aber du weißt, dass ich jederzeit für dich da bin, nicht wahr? Ruf mich an, wenn ich noch was tun kann, egal wie spät es ist!"

Miriam nickte wortlos. "Komm mit", sagte sie zu Penny. "Ich zeige dir das Archiv."

Die beiden Frauen stiegen nebeneinander die Treppe hinauf, doch oben auf dem Absatz blieb Miriam ruckartig stehen, beugte sich übers Geländer und rief Armin hinterher: "Könntest du Willi Bescheid sagen, dass ich ihn so bald wie möglich ablöse?"

"Ja, klar", gab Armin zurück, und dann war er

verschwunden. Penny sah ihm nach – und bemerkte aus dem Augenwinkel, dass Jakub, der Hausmeister, eben durch den Haupteingang das Hotel verließ.

"Wer ist denn Willi?", wandte sie sich an Miriam. "Noch jemand vom Personal?"

Miriam schüttelte den Kopf. "Er ist eigentlich ein Gast. Also ein Dauergast. Ein Jugendfreund meiner Oma, der seit letztem Jahr bei uns wohnt. Er hilft mir manchmal im Restaurant aus, wenn einmal viel zu tun ist, oder ich –" Sie stockte.

"Oder du gerade einen Einbruch entdeckt hast?"

Miriam presste die Lippen zusammen und sah mit einem Mal noch elender aus. Penny fürchtete schon, sie könne gleich wieder in Tränen ausbrechen. Doch sie unternahm eine sichtliche Anstrengung, sich zusammenzureißen. Sie straffte die Schultern und hielt sich am elegant geschwungenen Treppengeländer fest. "Er bemuttert mich total", sagte sie. "Willi, meine ich. Oder heißt es bevatert? Er hätte wohl gern eigene Kinder gehabt."

Sie schniefte, dann huschte plötzlich ein melancholisches Lächeln über ihr Gesicht. "Er ist fürchterlich ungeschickt beim Servieren, aber die Leute mögen ihn trotzdem. Ich glaube, das liegt daran, dass er immer ein offenes Ohr hat, für jeden. Oma war da eher nicht so der gesellige Typ, obwohl ihr das Hotel sehr am Herzen lag."

Sie liefen einen Stock höher hinauf, dann blieb Miriam erneut stehen. Vor ihnen erstreckte sich ein langer Gang, der nur ungenügend von zwei winzigen Deckenlampen ausgeleuchtet wurde.

"Hier ist es", sagte Miriam. "Hier gleich rechts ist meine Wohnung. Die ersten beiden Türen. Die nächsten drei gehören zu Omas Räumen. Die letzte führt in ihr Archiv. Dort ganz hinten."

Sie wies mit ausgestreckter Hand den Gang hinunter. "Deswegen hab ich den Einbruch erst so spät bemerkt. Ich hab nicht hingesehen. Erst vorhin, als ich in meine Wohnung wollte, ist mir aufgefallen, dass mit der Tür zum Archiv etwas nicht stimmte."

Ihr Kehlkopf erbebte, als müsse sie einen besonders sperrigen Brocken hinunterwürgen. "Der Mörder muss letzte Nacht eingebrochen sein. Da bin ich erst sehr spät heimgekommen."

Penny lief ein paar Schritte in den Gang hinein, trat prüfend auf die Holzdielen. "Woher willst du wissen, dass es letzte Nacht passiert ist? Hier knarrt nichts. Da kann man sich doch locker an deiner Tür vorbeischleichen, wenn du schläfst."

"Kann man nicht", sagte Miriam grimmig. Wieder biss sie die Zähne zusammen, bis ihre Lippen nur noch eine blutleere schmale Linie waren.

Sie hob den Arm und deutete auf ein kleines Plastikding, das über ihren Köpfen aus der Wand ragte. Es hatte entfernte Ähnlichkeit mit einer Kamera.

"Ein Bewegungsmelder?", fragte Penny erstaunt.

Miriam nickte. "Theo hat ihn mir installiert, gleich nach Omas Tod. Ich hätte sonst nicht mehr schlafen können, ganz allein hier oben. Ich habe ihn beknien müssen, das Ding zu montieren. Aber schließlich hat er es gemacht. Wenn hier jemand in den Gang einbiegt, geht bei mir im Zimmer ein stummer Alarm los. Ein ganz heftig blinkendes Licht. Das macht zwar keinen Lärm, weckt aber trotzdem Tote auf. Ich würde es also bemerken, wenn hier jemand durchkommt. Das heißt, ich hätte es bemerkt, wenn ich zuhause gewesen wäre."

"Und Theo ist ...?"

"Mein Verlobter", sagte Miriam. "Er ist Schlosser, arbeitet in Neunkirchen. Er wohnt auch dort. Nur am Wochenende schläft er manchmal bei mir. Er ist gerade in die Firma gefahren, Sicherheitsschlösser organisieren. Für Omas Archiv und für meine eigene Wohnung. Er glaubt ernsthaft, dass gestern Nacht jemand von außen eingebrochen ist. Irgend so eine Diebesbande, meint er, die es in unsere Gegend verschlagen hat. Und er beharrt darauf, dass Oma tatsächlich bloß einen Unfall hatte."

"Verstehe. Und hier auf der linken Seite des Gangs wohnt niemand?", fragte Penny.

Miriam schüttelte den Kopf. "Früher mal. Zuletzt hat meine Mutter hier gewohnt, aber die ist ausgezogen, als ich zwölf war. Sie hat einen Spanier geheiratet und zog nach Barcelona. Sie hielt es hier nicht mehr aus, meinte sie."

"Und du bist nicht mit ihr umgezogen?"

"Nein. Mir gefällts hier in Mönchswald. Und ich mag unser Hotel. Ich würde nie in einer Großstadt leben wollen."

"Also hat deine Großmutter dich großgezogen?"

"Mhm."

"Und wo befinden sich die Gästezimmer?", fragte Penny weiter.

"Unter uns, im 1. Stock. Und früher natürlich in den Seitentrakten. Aber die sind beide seit langem stillgelegt."

"Und über uns?"

"Da ist der Dachboden. Eine riesige Ansammlung von

Gerümpel aus den letzten hundert Jahren. Und die Personalunterkünfte. Aber da wohnt nur noch Jakub. Er stammt ursprünglich aus Polen, aber er arbeitet schon seit ich denken kann hier im Hotel. Irmi, unsere Köchin, lebt bei ihrer Familie im Ort."

Für einen Moment standen sie sich schweigend gegenüber. Schließlich sagte Penny: "Dann gehen wir also einmal davon aus, dass der Einbruch im Archiv letzte Nacht stattgefunden hat. Das war das erste Mal seit dem Tod deiner Großmutter, dass du nicht zuhause warst?"

"Ja, richtig. Ich hatte gar keine Lust auszugehen. Aber Theo wollte unbedingt ins Kino." Miriam rollte mit den Augen. "Danach waren wir noch etwas essen, und ich kam kurz nach Mitternacht heim."

"Gemeinsam mit Theo?"

"Nein. Der blieb in Neunkirchen. Er muss morgens immer sehr früh raus. Ich bin allein hierher zurückgefahren. Oh Gott, Penny, stell dir vor, ich wäre etwas früher heimgekommen und hätte den Mörder womöglich gestört. Was auch immer er in Omas Archiv wollte."

"Was bewahrte sie denn auf, in diesem Raum? Wertvolle Dinge?"

"Nein. Das heißt, für sie war es natürlich schon wertvoll. Das Archiv war ihr Datenspeicher. Für ihre Detektivarbeit."

"Ein Computerraum?"

"Nein. Alles ganz altmodisch. Auf Papier. In Notizbüchern. Am besten, du siehst es dir selbst an."

Penny folgte Miriam tiefer in den Gang hinein. "Hast du schon feststellen können, was gestohlen wurde?", fragte sie, als sie vor der Tür des Archivs angelangt waren.

"Nur zwei Kerzenleuchter, glaube ich. Aber die waren nicht wertvoll, das sah ein Blinder. Es ist ganz bestimmt niemand von außen eingedrungen", wiederholte sie. "Ich sage dir, es war Omas Mörder. Dass er die Kerzenleuchter verschwinden hat lassen, war nur Show. Genau wie das eingeschlagene Kellerfenster. Guck mal hier!"

Miriam deutete auf das völlig ramponierte Türschloss. Es sah aus, als wäre es mit einer Brechstange oder etwas Ähnlichem bearbeitet worden. Der Einbrecher musste wohl wirklich ungestört hier oben gewesen sein. Bestimmt hatte er eine ganze Menge Lärm verursacht. Und Profi im Schlösserknacken war er eindeutig keiner.

"Warum würde ein Fremder im Keller des Seitenflügels einsteigen?", fragte Miriam. "Nur um sich dann durchs halbe Haus zu schleichen und ausgerechnet diese eine Tür aufzubrechen?"

"An dem Schloss da drüben sind aber auch ein paar Kratzer", sagte Penny und deutete auf die Tür zu ihrer Rechten. "Die Wohnung deiner Großmutter, sagtest du?"

"Ja. Aber auch das ist nur Show. Hier hat er nicht wirklich versucht, das Schloss aufzubrechen. Sieht man doch. Er hat hier bloß halbherzig dran rumgekratzt, um zu verschleiern, wo er wirklich hinwollte. In Großmutters Archiv. Oma muss etwas über ihn aufgeschrieben haben. Oder vielleicht einen Beweis für ein Verbrechen gefunden haben, das er begangen hat. Vielleicht musste sie deswegen sterben und er kam jetzt zurück, um das Beweisstück zu vernichten. Was denkst du?"

Dafür, dass Miriam laut eigener Aussage kein Interesse an der Detektivarbeit hatte, machte sie sich ganz schön viele

Gedanken, fand Penny. Aber womöglich hatte sie ja Recht. Dass ein Einbrecher, der auf sich hielt, sich ausgerechnet das Grandhotel Mönchswald als Ziel seines Raubzugs auserkoren haben sollte, schien Penny tatsächlich ziemlich unwahrscheinlich.

Miriam lehnte sich mit der Schulter gegen die Tür des Archivs und drückte sie auf. Penny folgte ihr in den Raum – und blieb abrupt stehen.

Was sie vor sich sah, hatte nichts mit dem gemeinsam, was man sich so landläufig unter einem Archiv vorstellte. Das hier war alles andere als ein verstaubter Datenspeicher.

Der Raum maß gute sechzig Quadratmeter und besaß eine eindrucksvolle Stuckdecke. An den Wänden reihten sich dunkle Bücherschränke, die allesamt mit Glastüren ausgestattet waren. Penny trat näher heran, guckte durch die Scheiben und besah sich die Bücher und Magazine in den Regalen.

Sie brauchte nur einen kurzen Rundgang, um festzustellen, dass sich Johanna Lempras Archiv lediglich einem einzigen Thema widmete: dem Verbrechen.

In einigen der Schränke stapelten sich Kriminalromane – vom Häkelkrimi bis zum blutigsten Thriller. Außerdem hatte Johanna eine umfangreiche Sammlung verschiedenster True Crime Magazine angehäuft. Es gab Hefte in Deutsch und Englisch, dazu noch fein säuberlich geschlichtete Tageszeitungen, deren Papier schon eine gelbliche Farbe angenommen hatte.

Insgesamt drei Schränke beherbergten Fachliteratur zu Themen wie Kriminalistik, Verhörtechnik, Forensik und insbesondere Kriminalpsychologie. Außerdem gab es

Wälzer über Gifte und historische Kriminalfälle, von berühmt bis nie gehört. Zwei besonders schöne Schränke aus Edelholz waren mit Notizbüchern in allen Farben und Formen gefüllt.

Im Zentrum des Raums stand ein riesiger Schreibtisch, ebenfalls aus Edelholz. Daneben waren ein Sofa und dazu passende Fauteuils aus geblümtem Samt gruppiert. Die gesamte Einrichtung sah aus, als stamme sie noch aus der Gründungszeit des Grandhotels.

Ein paar Sofakissen waren in Unordnung gebracht worden, ein paar Glastüren standen offen, und einige Bücher lagen auf dem Boden verstreut herum. In diesem Raum festzustellen, ob etwas gestohlen worden war, schien ein Ding der Unmöglichkeit.

Penny deutete auf die beiden Edelholzschränke. "All diese Notizbücher", wandte sie sich an Miriam, "sind das die Fallakten deiner Großmutter? Die muss ja unglaublich fleißig gewesen sein!"

Miriam verzog das Gesicht. "Oma hat sich ganz dem Verbrechen verschrieben. So hat sie es gerne ausgedrückt, wenn ihr mal nach Scherzen zumute war. Was nicht oft vorkam. Sie war oft bedrückt – all das Böse, das sie aufdeckte, setzte ihr zu. Sie hatte keine sehr hohe Meinung von den Menschen, nach all dem, was sie erlebt hatte."

"Kann ich mir vorstellen", sagte Penny. Fasziniert sah sie sich um. Nur zu gerne hätte sie sich auf der Stelle in die Fallakten dieser verstorbenen Meisterschnüfflerin vertieft.

"Ich kriege Angst hier drin", sagte Miriam und griff nach Pennys Hand. "Das war schon immer so. Dabei war ich höchstens zwei oder drei Mal hier, als Oma noch lebte." Sie schüttelte den Kopf. "Ich bin kein bisschen wie sie."

"Warum hast du eigentlich nicht die Polizei gerufen?", fragte Penny. "Nachdem du vorhin den Einbruch entdeckt hast?"

Miriam ließ ihre Hand los. "Die Polizei?", echote sie, als wäre das eine ganz unbegreifliche Vorstellung. "Was soll das denn bringen? Die glauben mir doch sowieso nicht. Und ich wusste ja, dass du heute anreisen würdest. Ich wusste, dass du mich nicht im Stich lässt."

Sie schenkte Penny ein schmales Lächeln. "Außerdem würde Oma bestimmt nicht wollen, dass ein Polizeibeamter diesen Raum zu Gesicht bekommt. Sie sprach niemals in der Öffentlichkeit über die Existenz ihres Archivs."

"Hat sie als Amateurdetektivin denn nicht öfter mal mit der Polizei zusammengearbeitet?"

Miriam schnaubte. "Zusammengearbeitet? Die haben sich immer nur über sie lustig gemacht. Dabei hat sie ihnen mehr als nur einmal geholfen, einen Fall zu lösen, bei dem sie völlig im Dunkeln tappten. Es war immer das Gleiche. Die Beamten heimsten die Lorbeeren ein, Oma wurde bestenfalls zu einer unbedeutenden Zeugin heruntergespielt. Und über mich haben sie sich ebenso lustig gemacht – als ich ihnen sagte, dass ich Omas Tod für Mord hielt. Nicht für einen Unfall."

"Wer hat ihren Tod denn untersucht? Jemand von der Kriminalpolizei?", fragte Penny.

"Nein, es waren nur zwei Beamte aus Aspern da. Das ist die nächste größere Ortschaft. An diese Dienststelle hat Oma sich anfangs häufiger gewandt, wenn sie einen Verdacht hatte. Oder sogar konkrete Beweise für eine noch unentdeckte Straftat. Aber wie gesagt, man nahm sie nicht ernst, und irgendwann hat sie es aufgegeben."

Miriam ging zu dem alten Plüschsofa hinüber und kauerte sich darauf zusammen. "Ich rief natürlich die Rettung an, als ich Oma fand", fuhr sie fort. "Sie lag so leblos am Fuß der Treppe, dabei hatte ich sie eben noch schreien gehört. Als sie stürzte. Oder besser gesagt: als sie gestoßen wurde. Ich hoffte so sehr, dass sie nur das Bewusstsein verloren hatte, aber ihre Gliedmaßen waren ganz schrecklich verrenkt. Da wurde mir klar, dass sie tot ist." Miriam schniefte.

Penny ließ sich neben ihr auf dem Sofa nieder. Erneut griff Miriam nach ihrer Hand. "Nach den Rettungsleuten kamen die zwei Polizeibeamten aus Aspern. Danach der Gemeindearzt. Ich habe den Polizisten von den Schritten erzählt, die ich gehört hatte. Dass sich Omas Mörder davonmachte, anstatt ihr zu helfen. Die beiden äußerten sich nicht dazu, aber sie haben mich so seltsam angesehen. In einem alten Kasten wie unserem Hotel höre man doch ständig alle möglichen Geräusche, meinte der eine dann. Besonders nachts. Und der andere sagte, dass ich unter Schock stünde, weil ich meine tote Großmutter gefunden hatte. Es war ein entsetzlicher Anblick, das gebe ich zu. Einen, den ich mein Lebtag nicht vergessen werde. Aber die Schritte habe ich mir nicht eingebildet. Ganz sicher nicht. Dann führten die beiden ein paar kurze Gespräche mit den anderen Hausbewohnern, ob die was gehört oder gesehen hätten und so."

"Und?", fragte Penny.

"Alle behaupteten, dass sie fest geschlafen hätten. Keiner wollte etwas mitgekriegt haben. Ich habe danach natürlich auch noch einmal jeden befragt. Als die Polizei schon längst wieder weg war. Aber sie blieben bei ihren Aussagen. Absolute Fehlanzeige."

Penny überlegte. Sie hatte gelernt, wann sie laut Gesetz als Detektivin – die sie ja noch nicht einmal war – an ihre Grenzen stieß und die Polizei einschalten musste. Ihr Ausbildungsleiter an der Argus Akademie hatte sich lang und breit über dieses Thema geäußert.

Ein eingeschlagenes Fenster und ein aufgebrochenes Schloss gehörten nicht zu den Fällen, bei denen die Polizei eingeschaltet werden *musste*. Wenn Miriam den Einbruch also nicht melden wollte, so war das ihre Sache. Und wenn Penny ihr – rein privat – ein bisschen half, wieder Ordnung ins Chaos zu bringen, so überschritt sie damit auch keine Befugnisse.

Ja, so klang das ganz gut. Dinge, die sie ohnedies tun wollte, vor sich selbst zu rechtfertigen – damit hatte sie noch nie Schwierigkeiten gehabt.

6.

"Beschreibe mir doch bitte einmal, wer alles im Haus wohnt", wandte sie sich wieder an Miriam. "Du hast erwähnt, dass ihr keinen sehr aktiven Hotelbetrieb führt?"

"Nein", sagte Miriam, "schon lange nicht mehr. Echte Touristen verirren sich nur selten in unsere Gegend." Sie begann wieder einmal, an ihren Fingernägeln zu kauen. "Das ist es, was mir solche Angst macht. Im Haus wohnen nur eine Handvoll Leute – und die kenne ich alle gut. Aber dennoch muss einer von ihnen Oma getötet haben."

"Keine schöne Vorstellung", pflichtete Penny ihr bei. "Also, wen haben wir? Jakub, den Hausmeister, der im Dachgeschoss wohnt, Irmi die Köchin – die lebt im Ort, sagtest du. Einen Schlüssel fürs Hotel hat sie aber bestimmt, oder?"

"Ja, sicher."

"Dein Freund Theo auch?", fragte Penny nach.

Miriam sah sie erstaunt an. "Theo? Ja, schon, aber du denkst doch nicht –" Sie brach ab, schien sich in Gedanken zu verlieren. Plötzlich spiegelte sich Furcht in ihren Augen.

"Ich denke noch gar nichts", sagte Penny rasch. "Ich will mir nur ein Bild machen, okay? Kommen wir zu den zahlenden Gästen im Haus."

"Ja gut. Da gibt es Willi, Omas Jugendfreund –"

"Der dich bemuttert und gerne mal im Lokal aushilft?"

"Ja. Wilhelm Lindner heißt er mit vollem Namen. Er ist ein pensionierter Goldschmied. Hat sein ganzes Leben bei einem Juwelier in Wiener Neustadt gearbeitet, aber ist immer dorthin gependelt. Er hatte eine tolle alte Villa hier im Ort – oder besser gesagt seine Frau. Das Haus gehörte ihr. Die war ziemlich reich."

"War? Ist sie verstorben?"

Miriam zögerte kurz. "Das nicht", sagte sie dann, "aber sie lebt seit letztem Jahr in einem Pflegeheim. Sie hat Alzheimer, ganz schlimm. Nicht einmal an guten Tagen erkennt sie Willi. Dabei waren die beiden ihr ganzes Leben lang verheiratet. Ist das nicht furchtbar? Willi wollte dann nicht mehr allein in der riesigen Villa wohnen, wo ihn alles an sie erinnerte, also verkaufte er und mietete sich bei uns ein."

Penny nickte. "Okay, wer noch – der Lost Places Typ? Armin, nicht wahr?"

Bei der Erwähnung dieses Namens huschte ein winziges Lächeln über Miriams Gesicht. "Ja. Er ist seit Anfang Januar bei uns. Eigentlich wollte er nur eine Woche bleiben, um die Lost Places in unserer Gegend zu dokumentieren. Doch dann ist er geblieben. Die Atmosphäre des Hotels ist genau das Richtige, um das Manuskript für sein neues Buch fertigzustellen, sagt er. Ich denke, er wird noch bis Ende März oder so bei uns wohnen."

"Und wovon lebt er? Hat er keinen Job, dem er nachgehen muss?"

Miriam zog die Schultern hoch. "Ich glaube, er verdient genug mit seinen Büchern und Vortragsreisen. Und wie du dir bestimmt vorstellen kannst, ist es nicht teuer, bei uns zu logieren. Wir machen gute Preise, jeder zusätzliche Gast hilft uns, die Kosten zu decken."

"Hm, ja, gut. Dann weiter. Wen haben wir noch?"

"Das sind alle", sagte Miriam. Sie zuckte mit den Schultern, als müsse sie sich bei Penny für die katastrophale Auslastung des Hotels entschuldigen. "Im Moment ist selbst für unsere Verhältnisse wenig los", fügte sie hinzu. "Ein paar Gäste mehr haben wir normalerweise schon."

"Wer erbt eigentlich das alles hier?", fragte Penny spontan. "Deine Mutter oder du?"

"Ich", sagte Miriam. "Mama würde um keinen Preis hierher zurückkommen." Sie schien kurz einem Gedanken nachzuhängen, dann fuhr sie fort: "Wie gesagt, das Restaurant wirft genug ab, dass wir überleben können. Und im Sommer haben wir ab und zu ein paar Wandergäste im Haus."

"Okay", sagte Penny. "Also zwei zahlende Bewohner im Haus, Willi und Armin. Und Jakub vom Personal. Das nenne ich einen eingeschränkten Täterkreis."

"Da war aber noch ein Gast, bis zu dem Zeitpunkt, an dem Oma ermordet wurde. Eine Witwe aus Linz, ziemlich vermögend, denke ich. Christiane Wittmann. Sie wohnte seit Anfang November letzten Jahres bei uns. Ihr Mann ist verstorben, und sie brauchte einen Tapetenwechsel. Sie ist hier in der Nähe aufgewachsen, glaube ich."

"Und wann genau hat sie ausgecheckt? Vor dem Tod deiner Großmutter? Oder danach?"

Miriam zögerte. Ihre Stirn legte sich in Falten. "Ich weiß nicht genau. Oma hat immer den Check-out gemacht. Die Rechnungen und so. Ich habe Christiane jedenfalls zum letzten Mal beim Frühstück gesehen. An dem Vormittag, bevor Oma starb."

"Und das schien dir nicht auffällig?", fragte Penny entgeistert. "Dass die Frau verschwand, an dem Tag, als deine

Großmutter ermordet wurde?"

Miriam biss sich auf die Unterlippe. "Jetzt, wo du es sagst. Hätte mir wohl auffallen sollen. Aber wenn ich ehrlich bin, habe ich Frau Wittmann völlig vergessen, in den Tagen nach Omas Tod. Erst vorhin, als du mich nach den Gästen im Haus gefragt hast –"

Sie hielt mitten im Satz inne und raufte sich ihre Haare, womit sie ihr letztes bisschen Frisur zerstörte. "Ich sagte dir ja, dass ich eine miserable Detektivin bin. Oma hab ich es auch immer gesagt!"

"Schon gut", beruhigte Penny sie. "Kein Problem. Wir stehen ja noch ganz am Anfang. Ihr habt ja sicher die Daten der Frau, ich werde sie mir näher ansehen."

Miriam schenkte ihr ein dankbares, aber dennoch gequältes Lächeln. "Christiane hat eigentlich gar nichts davon erwähnt, dass sie abreisen wollte", sagte sie dann.

Penny zog die Augenbrauen hoch, verkniff sich aber einen weiteren Kommentar darüber, wie verdächtig das Verhalten dieser Frau Wittmann wirkte. Und dass Miriam doch wohl hätte stutzig werden müssen!

Miriam zog ihre Beine aufs Sofa hoch und schlang die Arme um ihre Knie. Dabei knabberte sie an ihrer Unterlippe herum.

"Gibt es noch etwas, das ich wissen sollte?", fragte Penny behutsam.

Ruckartig wandte Miriam sich ihr zu. "Habe ich dir von dem Spuk erzählt? Dass Oma gesehen wurde, nachts im Hotel?"

Penny nickte langsam. "Das hast du. Aber das kann doch bloß Einbildung gewesen sein, nicht wahr? Wer will sie denn gesehen haben?"

"Jakub", sagte Miriam nach einigem Zögern.

"Und glaubst du ihm das? Er machte auf mich einen, hm, etwas übereifrigen Eindruck. Ist er jemand, der gerne selbst ein bisschen herumschnüffelt? Seine Nase in Angelegenheiten steckt, die ihn nichts angehen?"

Miriams Mundwinkel verzogen sich zu einem schiefen Lächeln. "Das kann man so sagen, ja, fürchte ich. Außerdem ist er ziemlich abergläubisch. Bei jeder Gelegenheit küsst er dieses Engelsmedaillon, das er immer um den Hals trägt."

"Na bitte", sagte Penny, "da haben wir ja die Erklärung für den Spuk. Ein abergläubischer Hausmeister mit etwas zu viel Fantasie! Wer sonst würde ernsthaft an einen Geist glauben?"

Miriam erwiderte nichts. Sie senkte den Blick und begann, ihre Finger zu kneten. Etwas stimmte nicht mit ihr.

Penny stupste sie sanft an der Schulter an und lächelte ihr aufmunternd zu. "Los, raus mit der Sprache, du hast mir noch nicht alles gesagt, oder?"

"Du wirst mich für verrückt halten", gab Miriam zurück. "Mich auslachen!"

"Bestimmt nicht", versprach Penny. "Du bist meine Klientin, schon vergessen? Ich bin dazu da, dein Problem zu lösen, wie seltsam es auch sein mag. Also, nur zu!"

Miriam wirkte noch unschlüssig, doch dann gab sie sich einen sichtbaren Ruck. "Ich habe sie auch gesehen", flüsterte sie. "Mit meinen eigenen Augen."

"Wen? Deine tote Großmutter?"

"Ja! Ich sagte dir ja, du würdest mich für verrückt –"

Penny hob die Hand, um Miriam zu bremsen. "Ich halte

dich nicht für verrückt. Erzähl mir alles. Was genau hast du gesehen?"

"Also ich war in meinem Bett und hatte geschlafen", begann Miriam zögerlich. "Und da stand sie plötzlich vor mir, mitten im Zimmer. Es war dunkel ... aber sie war es, da bin ich mir ganz sicher. Ich konnte ihr Haar im Mondlicht sehen. Oma hatte wunderschönes, fast hüftlanges weißes Haar, weißt du", fügte sie mit belegter Stimme hinzu.

"Und dann? Was tat sie? Hat sie mit dir gesprochen?"

"Sie sagte nur einen einzigen Satz, mit einer voll gruseligen Stimme, genau wie in einem Horrorfilm! *Ich bin nicht tot.* Das waren ihre Worte, ich habe sie ganz deutlich gehört. Dann verschwand sie auch schon wieder. Oh, Penny, ich dachte, ich sterbe vor Angst! Ich habe das ganz bestimmt nicht geträumt, das musst du mir glauben!"

"Schon gut, ich glaube dir ja. Sie hat sich einfach in Luft aufgelöst?"

"Das nicht. Sie verschwand durch die Balkontür."

"Und du hast sie nicht verfolgt?"

Miriam schüttelte energisch den Kopf. "Dazu hatte ich viel zu viel Angst. Es war echt gruselig, sag ich dir! Erst viel später bin ich dann aufgestanden und habe die Balkontür geschlossen. Da war es schon eiskalt im Zimmer."

"Und da hast du sie nicht mehr gesehen? Draußen am Balkon?"

"Nein! Penny, bitte sag mir, dass ich nicht verrückt bin! Ich habe das ganz sicher nicht geträumt. Aber es existieren doch keine Geister, oder? Hast du schon mal einen gesehen?"

Penny verneinte. Dann begann sie, zu überlegen. *Ich bin*

nicht tot. Was hatte die Erscheinung damit sagen wollen? Dass es ein Leben nach dem Tod gab? Dass Miriams Großmutter gar nicht ermordet worden war? Und warum benötigte ein angeblicher Geist eine Balkontür, um zu verschwinden?

"Wer hat denn den Totenschein deiner Großmutter ausgestellt?", wandte sie sich wieder ihrer Klientin zu.

Miriam schien einen Moment nachdenken zu müssen, dann sagte sie: "Der Gemeindearzt. Dr. Schopp. Er hat seine Praxis in Aspern."

"Und kannte deine Großmutter ihn gut?"

"Ja, natürlich. Er war ihr Hausarzt, und nicht nur das. Es gab da auch so eine Hassliebe zwischen den beiden, ähnlich wie zwischen Oma und der Polizei. Sie besuchte oft seine Praxis unter irgendeinem Vorwand und löcherte ihn dann zu möglichen Mordmethoden in einem ihrer Fälle. Quetschte ihn über tödliche Gifte aus und solche Dinge."

"Und wie wurde deine Großmutter beigesetzt?

Miriam sah Penny verwundert an. "Beigesetzt? Sie wurde verbrannt. Auf ihren eigenen Wunsch hin. Begraben ist sie hier im Ort, am Friedhof gleich neben der Kirche. Aber worauf willst du denn hinaus?"

"Das weiß ich noch nicht. War der Bestatter zufällig auch ein Bekannter deiner Großmutter?"

"Was? Ja. Hier bei uns kennt jeder jeden. Das ist doch normal in einem so kleinen Ort. Mit Herrn Gergow, dem Bestatter, war Oma sogar ziemlich gut befreundet."

In diesem Augenblick wurde die Tür des Archivs aufgestoßen – und herein stapfte ein rothaariger junger Mann in schweren Winterstiefeln. Er hatte eine Werkzeugkiste unter den Arm geklemmt. "Bin wieder da", rief er, doch als er Penny erblickte, verstummte er, und das schiefe Lächeln, das er eben noch aufgesetzt hatte, verschwand.

"Das ist Theo", stellte Miriam ihn vor. "Schön, dass du schon zurück bist, Schatz."

Penny konnte sich des Eindrucks nicht erwehren, dass es dieser Wiedersehensfreude an Wärme fehlte – und der Blick, den Theo ihr anstelle einer Begrüßung zuwarf, war auch nicht eben freundlich.

Direkt hinter Miriams Freund trippelte Jakub, der Hausmeister, herein. Er trug Pennys Reisetasche, die sie vorhin in der Eingangshalle zurückgelassen hatte – doch nach ein paar Schritten blieb er stehen und ließ die Tasche unsanft fallen. Neugierig sah er sich um, dann pfiff er durch die Zähne. Anscheinend hatte er Johanna Lempras Archiv noch nie von innen gesehen und war schwer beeindruckt von dem Anblick.

Theo indessen zog einen ausgebeulten Rucksack von der Schulter und kramte die Schlösser heraus, die er an seinem Arbeitsplatz besorgt hatte. Dann öffnete er seine Werkzeugkiste. Ohne weitere Worte zu verlieren, machte er sich an der Tür des Archivs zu schaffen, und begann damit, das völlig zerstörte alte Schloss auszubauen. "Das Türblatt kann ich jetzt nur provisorisch reparieren", teilte er Miriam über seine Schulter gewandt mit. "Du wirst einen Tischler brauchen oder am besten gleich neue Türen."

Miriam nickte nur. "Ist es okay, wenn ich jetzt Willi im Service ablöse?", fragte sie. "Oder brauchst du mich hier?"

"Nö, schaff ich alleine", brummte Theo.

"Reden wir morgen weiter?", wandte sie sich Penny zu.

"Freitag abends ist bei uns im Restaurant immer etwas mehr los. Das kann für Willi schon mal zu viel werden."

"Ich bringe Fräulein Küfer auf ihr Zimmer", verkündete Jakub und warf sich dabei in die Brust wie ein Haushofmeister, der an einem Adelssitz dient.

Penny musste grinsen. "Was dagegen, wenn ich mich ein wenig auf eigene Faust im Haus umsehe?", fragte sie Miriam.

"Natürlich nicht", erwiderte ihre Klientin. Theo hingegen schien diese Vorstellung gar nicht zu behagen. Er warf Penny einen misstrauischen, geradezu giftigen Blick zu.

7.

"Wenn Sie mir bitte folgen wollen", sagte Jakub zu Penny. Er griff sich ihre Reisetasche, trottete aus dem Archiv, den Gang entlang und dann plötzlich recht flink die Treppe hinab. Im ersten Stock des Hotels bog er in den linken der beiden Gänge ein und kam schließlich vor dem Gästezimmer mit der Nummer 105 zu stehen. "Da sind wir", verkündete er, während er den altmodischen Messingschlüssel mit Quastenanhänger umdrehte, der im Türschloss steckte.

Mit einer galanten Geste ließ er Penny den Vortritt. "Wie lange werden Sie denn bei uns bleiben?", fragte er geradeheraus. Er folgte ihr dicht auf den Fersen in den Raum, stellte die Tasche ab und musterte sie mit neugierigen Blicken.

Dieser Mann hatte tatsächlich etwas von einem Vogel an sich, und das lag nicht nur an seinem abstehenden Haar und der spitzen Nase. Er war klein, wendig, und sein Blick huschte beobachtend durchs Zimmer, als bestünde seine größte Angst im Leben darin, dass er etwas Interessantes verpassen könnte. Bevorzugt etwas, das ihn nicht das Geringste anging.

"Ich werde erst einmal übers Wochenende bleiben", gab Penny ihm zur Antwort.

Sie sah sich in dem Hotelzimmer um. Vor den Fenstern bauschten sich Vorhänge aus dottergelbem Brokat, die ziemlich vergilbt wirkten. Ein kleiner Kristallluster hing von der Decke, aber auch er hatte seine besten Jahre lange hinter sich. Die Möbel im Zimmer sahen nach Vollholz aus, und sie schienen dem Zahn der Zeit bemerkenswert gut getrotzt zu haben. Und der Raum war penibel sauber. Anscheinend nahm Jakub seinen Zweitjob als Zimmermädchen des Hotels sehr ernst.

Penny ging zur Balkontür hinüber und öffnete sie einen Spalt weit. Eiskalte Luft schlug ihr entgegen, aber dennoch streckte sie zumindest ihre Nase hinaus - nur um die Tür dann gleich wieder zu schließen. Bei Tag hatte man von hier oben bestimmt einen tollen Ausblick ins Tal, jetzt allerdings waren lediglich die Lichter einer kleinen Stadt erkennbar.

Als sie sich wieder umdrehte, stand Jakub noch immer am gleichen Fleck und beäugte sie unverhohlen. Erwartete er sich ein Trinkgeld? Wollte er hören, wie gut ihr das Zimmer gefiel?

Während sie noch überlegte, ergriff der Hausmeister bereits das Wort: "Eine Detektivin ist die Falsche für unser Problem", platzte er heraus. "Nehmen Sie es nicht persönlich, Fräulein Küfer."

"Ach ja?" Mehr fiel Penny dazu nicht ein. Diese Kritik war unvorbereitet gekommen.

Jakub nickte eifrig. "Ja, ganz bestimmt. Fräulein Miriam hätte nach einem Priester schicken sollen, das hab ich ihr bestimmt schon zehnmal gesagt. Angefleht hab ich sie! Sonst wird die Seele von Frau Lempra keine Ruhe finden, niemals!"

Penny sah den Hausmeister entgeistert an. Anscheinend ging es bei *unserem Problem*, wie er es genannt hatte, nicht in erster Linie darum, den Mörder der alten Hotelbesitzerin zur Strecke zu bringen. Einen Priester? Damit ihre Seele Ruhe fand?

Mit einem Mal dämmerte Penny, worauf er hinauswollte. "Sie denken, dass Frau Lempra *umgeht*, hier im Hotel?", fragte sie geradeheraus. Jakub wäre ja nicht der Erste, der diese Behauptung aufstellte.

Wieder nickte er heftig. "Ich habe sie gesehen. Mit meinen eigenen Augen. So wahr ich hier vor Ihnen stehe." Er blickte sich im Raum um und bekreuzigte sich – als erwarte er jeden Moment eine neuerliche Materialisation seiner verstorbenen Chefin.

Penny überkam ein seltsames Gefühl von Déjà-vu. Erst hatte Miriam ihr diese Geistergeschichte aufgetischt und jetzt auch noch der Hausmeister? War das die Folge davon, wenn man zu lange an einem so einsamen und verlassenen Ort wie diesem alten Hotel lebte? Wurde man etwas wunderlich mit der Zeit?

"Sie stand auf einmal vor mir, mitten in der Nacht!", fuhr Jakub ungefragt fort. "Keine fünfzehn Meter entfernt. Und sie hat mich doch tatsächlich gefragt, ob ich sie die Treppe hinuntergestoßen habe! Können Sie sich das vorstellen? Nach all den Jahren, die ich ihr treu gedient habe, hält sie mich für einen Mörder!"

Er zog eine dünne Goldkette unter seinem Pullover hervor und küsste mit Inbrunst den Anhänger, der daran hing – einen goldenen Engel. "Ich bin ein gottesfürchtiger Mann", betonte er und bekreuzigte sich gleich noch einmal.

"Wo sind Sie ihr denn begegnet?", fragte Penny.

"Es war unten im Erdgeschoss. Im Foyer."

"Und was wollten Sie da, mitten in der Nacht?"

Die Augen des Hausmeisters verengten sich zu schmalen Schlitzen. "Ich sehe nach dem Rechten, hier im Hotel", sagte er – als wäre es nur logisch, dass man zu diesem Zweck nachts durchs Haus schlich.

Er ließ das Medaillon wieder im Halsausschnitt seines Pullovers verschwinden, dann fügte er hinzu: "Die Wände im Haus sind dünn, und ich habe einen leichten Schlaf. Manchmal wache ich auf, und dann vertrete ich mir eben ein bisschen die Beine. Mache einen Kontrollgang."

"Sie haben nicht zufällig auch einen dieser, ähm, Kontrollgänge unternommen, in jener Nacht, als Frau Lempra den Unfall hatte?", fragte Penny.

Für diese unverhohlene Anschuldigung, die nichts weiter als ein Schuss ins Blaue war, erntete sie einen bitterbösen Blick. "In dieser Nacht habe ich geschlafen", sagte Jakub und reckte dabei trotzig sein Kinn vor. Was ihn mehr denn je wie einen Vogel aussehen ließ. Kein sehr bedrohliches Exemplar, eher ein zerzauster kleiner Singvogel.

Plötzlich hob er seinen Zeigefinger und fuchtelte Penny damit vor der Nase herum. "Sie bellen am falschen Baum, Fräulein! Sagt man das so? Sie sollten sich lieber mal diesen Windbeutel vornehmen!"

"Wen?"

"Diesen Armin Keyser. Der treibt sich im Hotel herum. Zu den unmöglichsten Zeiten, sage ich Ihnen!"

Jetzt wurde es interessant. Wenn die Menschen anfingen, sich gegenseitig zu beschuldigen, erhielt man oft die interessantesten Informationen. Auch und gerade über denjenigen, der die Anschuldigungen aussprach.

"Wo haben Sie Herrn Keyser denn gesehen?", fragte Penny

nach. "Nicht vielleicht in der Nähe von Miriams Zimmer?"

"Was wollen Sie denn damit andeuten?", brauste der kleine Mann auf. "Fräulein Miriam ist verlobt, das wissen Sie doch bestimmt!"

Penny zuckte mit den Schultern. "Ich meine ja nur ... Dieser Armin mag sie anscheinend sehr. Und sie ihn vielleicht auch? Da ist doch nichts dabei." Miriams Liebesleben ging sie nichts an, aber im Vergleich zu Theo, dem Schlosser, kam Armin Keyser wie der reinste Traummann rüber. Auch wenn er ein wenig blasiert wirkte.

Jakub schnaubte. "Er wollte nur eine Woche bleiben, dieser Windhund", ereiferte er sich. "Und jetzt ist er schon über einen Monat hier. Der führt doch etwas im Schilde, sage ich Ihnen!"

Mit diesen Worten wandte er sich um und schickte sich an, das Zimmer zu verlassen. Doch an der Türschwelle blieb er noch einmal stehen. Wirbelte ruckartig herum. "Dieser Theo ist übrigens auch nicht der Richtige für Miriam!", platzte er heraus. "Sie hat einen guten Mann verdient, nicht so einen Hitzkopf! Er ist manchmal sehr grob mit ihr, wissen Sie? So benimmt sich kein Ehrenmann!"

Er verstummte für einen Augenblick, schien über etwas nachzudenken. Dann fragte er: "Was halten Sie denn von ihm? Sie sind ja auch eine Frau."

Penny unterdrückte ein Grinsen. Einerseits war es rührend, wie der Hausmeister sich um seine junge Chefin sorgte, der er anscheinend sehr zugetan war. Anderseits schien es ihm schwerzufallen, Grenzen zu akzeptieren. Das Wort *Privatangelegenheiten* fehlte offenbar gänzlich in seinem Vokabular.

"Ich denke, Miriam wird sich schon für den Richtigen entscheiden", sagte Penny. "Ohne unsere Mithilfe."

"Sie ist doch jetzt ganz allein auf der Welt, wo Frau Lempra tot ist!", ereiferte sich Jakub. "Sie braucht Unterstützung!"

Er wandte sich erneut zum Gehen, doch dann schien ihm noch etwas einzufallen. "Theo, dieser Schlosser … Er hatte Streit mit Frau Lempra, an dem Tag, an dem sie starb. Bevor sie ermordet wurde! Vielleicht sollten Sie das wissen, wo Sie doch eine Detektivin sind!"

Auch wenn Jakub ihr zuvor deutlich gemacht hatte, dass sie für ihn nur die zweite Wahl war – hinter einem Priester, der sich auf Geisteraustreibung verstand – so spitzte sie jetzt doch die Ohren. "Was denn für einen Streit?", fragte sie. "Und woher wissen Sie das?"

"Wie ich schon sagte, die Wände hier im Haus sind sehr dünn", erwiderte der Hausmeister. "Natürlich lag es nicht in meiner Absicht, zu lauschen."

"Natürlich nicht", sagte Penny rasch. Ihre folgenden Worte wählte sie mit Bedacht. "Konnten Sie vielleicht trotzdem mitbekommen, worum es ging? Rein zufällig? Ich wüsste zu gerne, worüber sich die beiden gestritten haben."

Jakub schüttelte den Kopf und sah dabei ehrlich betrübt aus. "Nein, leider. Aber am Ende verließ dieser Schlosser Frau Lempras Wohnung und knallte die Tür hinter sich zu. Können Sie sich das vorstellen, so ein Benehmen?"

Penny gab sich Mühe, entsprechend schockiert drein zu gucken. Dann nahm der Hausmeister endlich seinen Abschied.

8.

Penny packte die wenigen Habseligkeiten, die sie mitgebracht hatte, in den geräumigen Schrank ihres Zimmers, dann beschloss sie, sich einer ersten Erkundung des Hotels zu widmen.

Sie lief einfach drauflos, den Gang hinunter, an dem ihr Zimmer lag, folgte einer Treppe nach oben, dann einer weiteren nach unten, bog um Ecken, durchquerte kleinere Hallen – und musste sich bald darauf mal wieder eingestehen, dass ihr Orientierungssinn lausig war.

Bald lief sie durch verlassene Gänge mit fadenscheinigen Teppichen, vorbei an Zimmertüren, die windschief in den Angeln hingen, stieß auf Gesellschaftsräume und Salons, fand eine alte Bibliothek und sogar einen Tanzsaal. Letzter strahlte etwas wunderbar Nostalgisches, aber auch ein bisschen Morbides aus – mit seinem wurmstichigen Sternparkett, den längst erblindeten Spiegeln und der bröckelnden Stuckdecke. Weite Teile des einstigen Grandhotels hatten bestimmt seit Jahrzehnten keinen Gast mehr gesehen.

Penny hielt ihr Mobiltelefon umklammert, auf dem sie die Taschenlampenfunktion aktiviert hatte. Mitunter säumten zwar noch verstaubte Kristallluster die Wände oder die Decken, doch der Strom war anscheinend nur im bewohnten Teil des Hauses eingeschaltet.

Ihr war ganz schön mulmig zumute, wenn sie ehrlich mit sich war. Je weiter sie in das Labyrinth des alten Hauses vordrang, desto mehr musste sie sich eine Sache eingestehen: Es war kein Wunder, wenn man an diesem Ort begann, Geister zu sehen.

Sie hätte nicht sagen können, wieviel Zeit vergangen war, als sie endlich wieder in einen Gang bog, der ihr vertraut erschien. Durch nichts als einen glücklichen Zufall war sie in den bewohnten Teil des zweiten Stocks zurückgekehrt – wo die Wohnungen von Miriam und Johanna Lempra lagen. Und das Archiv der alten Dame.

Theo kniete vor einer der Türen, zwei Zimmer rechts vom Archiv, und verstaute gerade einen Schraubenzieher in seiner Werkzeugkiste.

Als er Penny erblickte, richtete er sich auf. "Ach, du bist es", sagte er. Er wischte sich die Handflächen an seiner Hose ab, dann betrachtete er das Türschloss, das er wohl soeben neu eingebaut hatte.

"Miriam kann sich jetzt wieder sicher fühlen", verkündete er. "Das hier knackt so schnell keiner." Er deutete mit einem ölig glänzenden Daumen auf seine Arbeit. "Wobei die Türen der letzte Schrott sind. Nichts als Sperrholz. Die müssten dringend mal getauscht werden, aber dazu fehlt natürlich die Kohle."

Penny versuchte sich an einem Lächeln und wollte dann ihren Weg fortsetzen. Hinunter ins Erdgeschoss, ins Hotelrestaurant, wo Miriam bestimmt noch ihrem Servierdienst nachging.

Doch Theo trat ihr in den Weg. "Sind deine Haare echt?", fragte er unvermittelt.

Penny blieb stehen. "Nein, ich trage eine Perücke", gab sie mit einem breiten Grinsen zurück.

"Ich meine die Farbe!", brummte Theo. "Das Rot."

Penny nickte wortlos. "Darf ich?", sagte sie und bedeutete dem Schlosser mit einer Handbewegung, ihr den Weg freizugeben.

Doch der dachte nicht im Traum daran. "Ich finde es nicht gut, dass du Miriam noch mehr Flausen in den Kopf setzt", begann er. "Sie hat echt schon genug Angst! Und ich will nicht, dass meine Frau eine Waffe hat. Oder Detektiv spielt, wie ihre Großmutter. Frauen sind schon von Natur aus neugierig genug. Sie müssen ihre Nase nicht noch in die Angelegenheiten wildfremder Leute stecken."

"Du hast ja ein sehr modernes Weltbild", sagte Penny und starrte dem breitschultrigen Schlosser mitten ins Gesicht. Wenn dieser Hinterwäldler dachte, dass er sie einschüchtern konnte, so hatte er sich die Falsche ausgesucht!

Er zuckte mit den Achseln. "Ich finde, jeder hat seinen Platz im Leben, das ist alles."

"Und wo siehst du den von Miriam? Hinterm Herd mit zwei Kindern am Rockzipfel?"

Theo kniff die Lippen zusammen. "Was ist denn schlecht daran? Ich wünsche mir eine Familie. Und Miriam bestimmt auch irgendwann einmal. Wenn hier wieder Ruhe einkehrt. Wenn ihr nicht irgendwelche Wichtigtuer aus der Großstadt vorgaukeln, dass sie was versäumt, nur weil sie auf dem Land lebt. Oder ihr weismachen wollen, dass die Welt da draußen ein großes Abenteuer ist, das ausgerechnet auf sie wartet. So ist es nämlich nicht!"

"Du musst es ja wissen", sagte Penny. Langsam ging ihr der Typ auf die Nerven.

"Die Welt da draußen kann nämlich ziemlich unschön

sein", fuhr er unbeirrt fort. "Da haben wir es hier noch relativ gut. Also nicht in Mönchswald, dieses Kaff ist tot, aber in Neunkirchen. Ich habe einen guten Job da, und Wohnungen sind erschwinglich. Ich werde mich selbständig machen, sobald ich meinen Meisterbrief in der Tasche habe. Dann braucht meine Frau sich nicht mehr von seltsamen Hotelgästen belästigen lassen."

"Meinst du Armin?", fragte Penny ihn geradeheraus.

Theo schürzte verächtlich die Lippen. "Ist es nicht offensichtlich, dass er hinter Miriam her ist? Dieser aufgeblasene Typ! Macht ihr schöne Augen und redet ihr irgendwelchen Blödsinn ein. *Du musst deinen Traum leben. Die Welt liegt dir zu Füßen.*" Er versuchte sich an einer Nachahmung von Armins Sprechweise, die wesentlich gewählter war als seine eigene. Was ihm misslang.

"Ist doch eine schöne Vorstellung, dass die Welt einem zu Füßen liegt", erwiderte Penny. "Und es kann ja wohl nichts Falsches daran sein, seinen Traum zu leben?"

Warum diskutierte sie eigentlich mit diesem Kerl? Es war doch von vornherein sinnlos. Sie war hier, um einen Mord aufzuklären, nicht um sich von einem Hinterwäldler belehren zu lassen.

Sie versuchte es mit einer Frontalattacke. "Ich habe gehört, du hattest eine Auseinandersetzung mit Johanna?", begann sie und sah Theo dabei mit hartem Blick in die Augen. "Kurz bevor sie ermordet wurde?"

Hitzkopf oder nicht, so leicht ließ Theo sich nicht provozieren. Er schnaubte nur verächtlich und verzog das Gesicht. "Ermordet? Sie fiel die Treppe hinunter. Sie war alt und nicht mehr so gut zu Fuß."

"Ach ja?", konterte Penny. "Vielleicht wurde sie aber auch geschubst? Worüber habt ihr euch denn gestritten?"

"Eine Familienangelegenheit. Nichts, was dich etwas anginge."

9.

Als Penny das Hotelrestaurant betrat, wandten sich ihr ein gutes Dutzend Köpfe zu. Fremde waren hier im Ort anscheinend eine mittlere Sensation, die es ausführlich und ohne jede Scheu zu begaffen galt.

Selbst aus der Durchreiche, die den Gastraum mit der Küche verband, tauchte ein Augenpaar auf und taxierte Penny. Eine Frau in mittleren Jahren, schlank, mit Kurzhaarschnitt. Vermutlich Irmi, die Köchin. Sie musterte Penny mit so unverhohlener Neugier, dass diese sich mit einem Mal wie ein exotisches Tier im Zoo fühlte.

Miriam jonglierte gerade ein Tablett mit Kaffeetassen durch den Raum, ihre Wangen waren gerötet und sie schien Penny nicht einmal zu bemerken.

Armin Keyser lehnte an der Bartheke und seine Blicke waren in die Tiefen eines Bierkrugs gerichtet. Auf einem Hocker links neben ihm saß ein älterer Mann mit einem dichten weißen Haarschopf und ebensolchem Bart. Auch er musterte Penny eingehend, aber immerhin lächelte er sie dabei an. Unvermittelt hob er die Hand und winkte sie zu sich herüber.

Sie zögerte einen Augenblick, doch dann leistete sie seiner Aufforderung Folge und steuerte auf ihn zu.

"Wilhelm Lindner", stellte er sich vor, nachdem er von seinem Barhocker heruntergeglitten war und ihr die Hand geschüttelt hatte. "Ich wohne im Hotel."

Johanna Lempras Jugendfreund, erinnerte sich Penny. Vor ihm auf der Theke stand ein halb leer gegessener Teller Eiernockerln, doch jetzt schien seine Neugier die Oberhand über seinen Appetit gewonnen zu haben.

"Sie sind die Detektivin, nicht wahr?", begann er, kaum dass Penny auf dem Barhocker zu seiner Linken Platz genommen hatte. "Danke, dass Sie hergekommen sind, um uns zu helfen."

Das war ja mal ein freundlicher Empfang – direkt eine Wohltat nach Miriams ungehobeltem Verlobten. "Gerne", sagte Penny, "aber ich kann nicht versprechen, dass ich tatsächlich werde helfen können."

"Sie engagieren sich, darum geht es", sagte Wilhelm in beinahe feierlichem Tonfall. "Erlauben Sie mir, Ihr Honorar zu übernehmen, was immer Sie mit Miriam ausgemacht haben. Ich habe ein paar Ersparnisse, während das Geld hier im Hotel immer knapp ist."

Ein großzügiges Angebot – das Penny nicht näher diskutieren mochte. *Erst einmal Resultate liefern*, dachte sie.

In diesem Augenblick kam Miriam zu ihnen herüber, schenkte Wilhelm ein Lächeln und fragte Penny, was sie bestellen wollte.

Penny entschied sich für eine Cola light und dazu gebackene Scholle mit Mayonnaise-Salat.

Miriam huschte hinter die Theke, nahm ein Glas vom Regal, zog eine Flasche aus einer Getränkeschublade und schob beides über den Tresen vor Penny hin. Dann steckte sie ihren Kopf in die Speisendurchreiche und bestellte den Fisch. Gastronomie funktionierte hier noch auf die altmodische Art. Ohne Computer oder ähnlichen Schnickschnack.

"Sie sind der Erste, den meine Anwesenheit im Hotel zu freuen scheint", sagte Penny zu Wilhelm Lindner, als sie wieder ungestört waren. "Abgesehen von Miriam."

Er ergriff ihre Hand und drückte sie sanft. "Natürlich freue ich mich, dass Sie hier sind! Wenn es Miriam hilft, mit der Sache abzuschließen ..."

Seine Stirn legte sich in Falten. "Sie ist in einer Atmosphäre aufgewachsen, wo es immer und überall um Verbrechen ging, wissen Sie. Und sie ist nicht wie ihre Großmutter. Miriam belastet es, während Johanna ... Für sie waren Morde der Nektar des Lebens, könnte man sagen. Sie liebte die Verbrecherjagd. Und sie hatte ein fast schon unheimliches Gespür dafür. Ich kann mich kaum an einen Fall erinnern, in dem sie falsch lag. Können Sie sich das vorstellen?"

Nicht wirklich, ging es Penny durch den Kopf, aber den Gedanken behielt sie lieber für sich. "Sprach Johanna denn gelegentlich mit Ihnen über die Fälle, an denen sie arbeitete?", fragte sie.

"Immerzu, ja. Wir waren enge Freunde, unser ganzes Leben lang, wissen Sie." Er blinzelte. Räusperte sich. Er hatte Johanna wohl sehr gern gehabt, das war nicht zu übersehen.

Penny ließ ihren Blick durch den Raum schweifen. An den Tischen wurde gegessen, getrunken, gelacht. Niemand schien jetzt mehr Notiz von ihr zu nehmen, aber das war ihr nur recht. "Denken Sie, dass Johanna ermordet wurde?", fragte sie Wilhelm geradeheraus – und beobachtete sehr genau seine Reaktion auf diese Worte.

Alles, was sie erntete, war ein Schulterzucken. "Ich weiß es nicht, ehrlich gesagt. Ich wünschte, ich hätte Johannas Spürsinn, was Verbrechen anbelangt, nur in diesem einen

Fall. Auszuschließen ist es wohl nicht", fügte er hinzu. Und dann, nach einer kurzen Pause: "Miriam denkt, es war jemand aus dem Hotel. Einer der Gäste oder jemand vom Personal. Wenn das stimmt, sind wir womöglich alle in Gefahr – und wenn nicht, so helfen Sie ihr bitte, sich von dieser Vorstellung zu befreien. Damit sie sich im eigenen Haus wieder sicher fühlen kann. Es ist so schrecklich, wie sie darunter leidet. Und wenn ich Sie bei Ihrer Arbeit irgendwie unterstützen kann, Frau Küfer – jederzeit gerne. Bitte zögern Sie nicht!"

"Wenn wir einmal bei den Hausbewohnern bleiben", sagte Penny, "wen hätten Sie da am ehesten in Verdacht? Wer wäre Ihrer Meinung nach in der Lage, einen Mord zu begehen? Sie kennen diese Leute ja recht gut, stelle ich mir vor."

Wilhelm zögerte. "Das schon, ja. Ich meine, ich kenne sie gut. Jakub, Irmi ... und Theo. Der ist auch sehr oft hier. Und Armin natürlich, auch wenn der noch nicht so lange bei uns wohnt."

"Und was halten Sie von ihm? Könnte er irgendeinen Grund gehabt haben, Johanna zu ermorden?"

Wilhelm schüttelte den Kopf. "Kann ich mir nicht vorstellen. Natürlich lügt er, wenn er behauptet, dass er noch immer im Hotel ist, nur weil er ausgerechnet hier sein Buch schreiben möchte."

Er schielte zu dem Lost Places Forscher hinüber, der unverändert an der Theke lehnte, aber mittlerweile von Bier auf Schnaps umgestiegen war. "Wenn Sie mich fragen, geht es um Miriam. Ihretwegen ist er geblieben. Ich denke, er hat sich in sie verliebt."

Penny nickte, unterbrach Wilhelms Redefluss aber nicht.

"Ehrlich gesagt halte ich ihn für den besseren Mann als diesen Schlosser", fuhr er fort. "Auch wenn er Miriam nicht das Wasser reichen kann."

Mit einem Mal spielte ein zärtliches Lächeln um seine Mundwinkel. "Ich bin natürlich nicht ihr Großvater, aber ich sorge mich doch um sie. Es mag Ihnen sentimental erscheinen, aber ich fühle mich für sie verantwortlich, jetzt wo ihre Großmutter tot ist. Sie soll einen Mann haben, der sie liebt, der begreift, was er an ihr hat, und der sie auf Händen trägt."

Er schwieg einen Moment, und sein Blick verlor sich im Raum. "Es ist schrecklich, mit dem falschen Partner sein Leben zu verbringen", fügte er dann hinzu. Es klang wie ein Nachsatz, etwas, das nicht wirklich Miriam betraf.

Penny wartete, ob er noch mehr sagen wollte, doch er schwieg. Sie ließ ihm einen Augenblick Zeit, um seinen Gedanken nachzuhängen, dann fragte sie: "Was ist mit der Frau, die abreiste, kurz bevor Johanna starb? Christiane Wittmann. Kannten Sie sie gut?"

Wilhelm wirkte unschlüssig. "Hm", sagte er, "nicht wirklich. Sie war eine sehr stille Frau, sie sprach kaum mit uns anderen, obwohl sie seit Monaten im Hotel wohnte. Mir gegenüber hat sie sich noch am ehesten geöffnet, kann ich wohl behaupten. Sie sah da wohl eine Gemeinsamkeit zwischen uns beiden."

"Inwiefern?", fragte Penny.

Wilhelm rieb sich das Kinn. Sein dichter weißer Bart knisterte unter seinen Fingern. "Sie sprach ein paar Mal über ihren Verlust. Ihren Ehemann, der kürzlich verstorben ist. Meine Frau lebt zwar noch, aber ich habe sie trotzdem verloren. Sie leidet an Alzheimer, wissen Sie. In einem sehr fortgeschrittenen Stadium."

In diesem Moment sprang die Tür auf, die vom Restaurant in die Hotelhalle führte. Theo kam hereingetrottet, blieb stehen, sah sich um.

Miriam kassierte gerade an einem Tisch, an dem ein paar ältere Männer saßen. Als ihr Verlobter sie entdeckte, steuerte er geradewegs auf sie zu. Er wartete nicht ab, bis sie mit den Gästen fertig war, sondern tippte ihr auf die Schulter und hielt ihr dann einen Schlüsselring unter die Nase. "Alles fertig", verkündete er.

Dann beugte er sich zu ihr herunter und drückte ihr einen Kuss auf die Wange. "Ich muss los, Mäuschen. Morgen Frühschicht, du weißt schon. Und das am Samstag!" Er stöhnte theatralisch. "Wir sehen uns morgen Abend. Und mach keine Dummheiten, ja?"

Bei den letzten Worten wanderte sein Blick in rascher Abfolge erst zu Armin und dann zu Penny herüber.

Unfassbar. Was für ein Macho-Gehabe. Was fand Miriam bloß an diesem Klotz?

Wilhelm schien sich eine ähnliche Frage zu stellen. Als Penny sich ihm wieder zuwandte, lag seine Stirn in Falten und seine Augen ruhten auf Miriam. In seinem Blick lag unverkennbare Sorge. "Ich hatte nie Kinder, wissen Sie", begann er. "Das war ein Fehler. Die Familie ist das Wichtigste im Leben, finden Sie nicht auch, Frau Küfer? Und die Liebe! Ich hoffe, Sie selbst sind diesbezüglich in guten Händen?"

Penny entglitt beinahe ihr Cola-Glas, aus dem sie eben einen Schluck hatte nehmen wollen. "Ähm, na ja", stammelte sie, "ich denke, es ist noch ausbaufähig."

Rasch wechselte sie das Thema. "Wie kam Johanna Lempra eigentlich dazu, sich als Amateurdetektivin zu betätigen?", fragte sie. "Sie kannten sie ja schon in jungen Jahren, nicht wahr?"

Wilhelm nickte ... und lächelte melancholisch. "Sie war ein Naturtalent, was Verbrechen anbelangt, muss man wohl sagen. Schon als Jugendliche verschlang sie jeden Krimi, den sie in die Finger bekommen konnte – und löste jeden Fall. Oft schon in der ersten Hälfte des Buches. Ich weiß noch, wie viele Abende wir gemeinsam vor dem Radio verbrachten. Krimihörspiele waren damals eine sehr beliebte Unterhaltung, wissen Sie. Aber mit noch größerer Leidenschaft verfolgte Johanna echte Mordermittlungen. Anfangs in der Zeitung, später auch im Fernsehen. Und auch dabei kam sie mir manchmal wie eine Hellseherin vor. Sie wusste die Lösung meist lange vor der Polizei und klärte Fälle auf, an denen sich andere die Zähne ausbissen. Leider waren die offiziellen Behörden, besonders unsere örtliche Polizei, bis zu ihrem Tod nicht wirklich gewillt, ihr Genie anzuerkennen."

10.

Als Penny ihren Fisch verspeist hatte und sich das Lokal zunehmend leerte, rutsche Wilhelm von seinem Barhocker. "Entschuldigen Sie mich", murmelte er und trat Miriam in den Weg, die gerade aus der Küche kam.

"Mach Feierabend für heute", sagte er zu ihr. "Ich übernehme hier und schließe nachher ab. Du willst dich bestimmt um deinen Gast kümmern." Er deutete mit dem Kopf in Richtung Penny.

Miriam nahm das Angebot nur zu gerne an. Sie band sich die Servierschürze ab und drückte Wilhelm einen Schlüsselbund in die Hand. Der alte Mann verschwand hinter der Bar und begann, die letzten Getränkebestellungen abzuarbeiten.

"Ich würde mir das Archiv deiner Großmutter gern näher ansehen", sagte Penny, während sie an Miriams Seite das Restaurant verließ.

Miriam blieb abrupt stehen, sodass Penny fast mit ihr kollidierte. "Dann denkst du also auch, dass Oma wegen ihrer Arbeit umgebracht wurde? Dass ein Mörder unter uns ist, über den sie zu viel wusste?"

Penny hob abwehrend beide Hände. Wie sollte sie es nur anstellen, dass ihre verängstigte Mandantin nicht jede Äußerung ihrerseits gleich auf die Goldwaage legte? Dass sie nicht an jedes Wort eine neue Hoffnung knüpfte?

Sie legte Miriam die Hand auf die Schulter. "Du musst ein

bisschen Geduld haben, okay? Es bringt doch nichts, wenn wir wild herumspekulieren. Wir müssen erst einmal Fakten sammeln, die möglichen Verdächtigen befragen ... die Detailarbeit erledigen, verstehst du? Dann erst macht es Sinn, Mutmaßungen anzustellen. Einverstanden?"

Penny kam sich ganz schön blöd vor bei dieser Predigt. Sie drückte noch brav die Schulbank an der Detektivakademie und schwang hier große Reden über professionelle Ermittlungsarbeit?

Worauf hast du dich mit diesem Mordfall bloß wieder eingelassen, fragte sie sich im Stillen – und das nicht zum ersten Mal. Ihre Abenteuerlust war gelegentlich größer als ihr gesunder Menschenverstand.

Zu dieser nächtlichen Stunde war Johanna Lempras Archiv ein düsterer und ziemlich unheimlicher Ort. Die wahllos zusammengewürfelten Wand- und Stehlampen spendeten nur gedämpftes Licht. Die alten Möbel und die dunklen Bücherregale warfen lange Schatten. Und die Bücher in den Schränken, die von nichts als Bluttaten handelten, schienen sich um sie zu scharen, bedrohlich näher zu rücken.

Sei nicht so ein Hasenfuß, sprach Penny sich selbst Mut zu. Es ist nur eine etwas spezielle Bibliothek, nichts weiter.

Sie kam vor den beiden Schränken zu stehen, die Johannas Notizbücher beherbergten. "Wie hat deine Großmutter ihre Fallakten denn geordnet?", wandte sie sich an Miriam, die dicht hinter ihr blieb. Die unheimliche Atmosphäre des Archivs schien ihr noch viel mehr zuzusetzen, als das bei Penny der Fall war.

"Keine Ahnung", sagte Miriam. "Ich habe diesen Raum immer gemieden." Ihre Stimme war kaum mehr als ein Flüstern, obwohl es doch keinerlei Grund für Heimlichkeiten gab. Sie waren allein hier drin – wenn man von der Gesellschaft all der Gewaltverbrecher absah, deren Geschichten in Johanna Lempras Büchern festgehalten waren.

Johanna musste eine Schwäche für feine Papierwaren gehabt haben. Ihre Notizbücher besaßen die schönsten Einbände. Tagebücher einer Musterschülerin – mit einer Leidenschaft fürs Verbrechen.

Die Bände im linken der beiden Schränke wirkten neuer, weniger vergilbt. Das allerunterste Regalbrett war noch leer – als habe Johanna Lempra sich den Platz für ihre Fallakten nach ihrer Lebenszeit eingeteilt.

Penny öffnete den Schrank und begann, wahllos Notizbücher aus den Regalen zu ziehen. Sie blätterte jeweils ein paar Seiten um ... und stieß auf eingeklebte Fotos, Zeitungsausschnitte und seitenlange Berichte in gut lesbarer Handschrift.

Nach ein paar Minuten wandte sie sich zu Miriam um, die reglos hinter ihr stand. "Deine Großmutter hat es uns leicht gemacht. Sie hat alle ihre Eintragungen datiert. Ohne Ausnahme. Sie führte tatsächlich eine Art Tagebuch des Verbrechens. Faszinierend. Und – hey, was ist das denn?" Penny stockte. In dem Buch, das sie soeben aufgeschlagen hatte, fehlten einige Seiten. Ziemlich viele Seiten sogar – ein paar im vorderen Teil und auch einige weiter hinten. Was hatte das zu bedeuten?

Sie trug das Buch zum Schreibtisch hinüber und legte es dort ab. "Wer reißt denn Seiten mitten aus seinen Fallakten?

Noch dazu, wenn es sich dabei um so edle Papierwaren handelt?"

"Oma bestimmt nicht", erwiderte Miriam.

"Hm." Penny kehrte zu dem geöffneten Schrank zurück und wandte sich dem nächsten Regalbrett zu. "Hilf mir mal bitte", sagte sie. "Guck dir die Bücher da oben an – ob da auch etwas herausgerissen wurde."

Miriam nickte zögerlich. Es schien sie einige Überwindung zu kosten, den Fallakten ihrer Großmutter so nahe kommen zu müssen. Dennoch tat sie, wie ihr geheißen.

"Also, wie ich es sehe, fehlen ausschließlich in Büchern der letzten acht Monate Seiten", resümierte Penny eine knappe halbe Stunde später. "Mehrere Bände aus diesem Zeitraum sind betroffen, ohne dass ich ein regelmäßiges Muster erkennen könnte. Hast du in den älteren Büchern was gefunden? Wurden da auch Blätter herausgerissen?"

"Nicht, soweit ich sehen kann." Miriam legte eines der Notizbücher in den Schrank zurück und begann wieder einmal, an ihren Fingernägeln zu kauen.

"Deswegen also der Einbruch", sagte sie nach einer kleinen Weile. Sie sprach wiederum im Flüsterton und mit einem Ausdruck höchster Anspannung im Gesicht. "Oma muss etwas über den Mörder in ihren Büchern notiert haben!"

"Nicht so schnell", bremste Penny sie. "Deine Großmutter könnte doch womöglich selbst die Seiten herausgerissen haben. Das wäre zwar ungewöhnlich, aber wer weiß ... Vielleicht wollte sie gewisse Inhalte auf diese Art tilgen? Etwas, wo sie falsch gelegen hatte, zum Beispiel?"

Miriam schüttelte energisch den Kopf. "Sicher nicht. Großmutter hat nie auch nur etwas durchgestrichen. Sieh her." Sie nahm einen Stift vom Schreibtisch und hielt ihn Penny hin.

"Ein Tintenlöscher? Sowas gibt's noch?" Unvermittelt stiegen Erinnerungen an die Schulzeit in Penny hoch.

Miriam nickte. "Oma hätte niemals Seiten aus einem Buch oder Heft gerissen. Sie wurde immer furchtbar böse, wenn ich das als Kind tat. *Das geschriebene Wort mit Respekt behandeln*, predigte sie mir immer. Und Fehler waren dazu da, dass man aus ihnen lernte. Deswegen versuchte man nicht, die Erinnerung an sie zu tilgen, sondern betrachtete sie als Lehrmeister und hielt sie in Ehren. Selbst der Tintenlöscher durfte nur für kleinere Schreibfehler verwendet werden. Nicht, um nachträglich Inhalte zu verändern. Oma war da wirklich sehr eigen."

"Hm", machte Penny. Sie schlug noch einmal eines der Notizbücher auf, die sie eben durchgesehen hatte. Miriam hatte recht. Das Schriftbild war beinahe Kalligraphie, alles wirkte wie mit dem Lineal gezogen. Und nirgendwo war auch nur ein Wort durchgestrichen worden.

Ab und zu hatte Johanna etwas eingeklebt, Fotos, Zeitungsausschnitte und Ähnliches – aber auch dabei hatte sie äußerste Sorgfalt walten lassen. Die Schlussfolgerung, dass die alte Dame nicht selbst ihre Bücher verunstaltet hatte, war also zulässig. Und da zu ihren Lebzeiten niemand außer ihr selbst dieses Archiv betreten hatte, konnte nur der Einbrecher der vergangenen Nacht hinter diesem Vandalismus stecken.

Penny schnappte sich die jüngsten drei Notizbücher, von den insgesamt fünf, in denen Seiten fehlten. Die zwei anderen überreichte sie Miriam. "Wir müssen sie lesen. Herausfinden, ob hier irgendetwas enthalten ist, das uns einen Hinweis auf Johannas Mörder geben kann. Obwohl vermutlich genau diese Seiten fehlen werden. Aber vielleicht haben wir Glück, und der Einbrecher hat etwas übersehen."

Miriam wich zurück, als hielte Penny ihr eine Giftschlange entgegen. "Ich will das nicht lesen", sagte sie. "Ich kriege Albträume von Omas Fällen."

"Hm. Na gut, dann lese ich sie eben selbst. Kannst du wenigstens den Schreibtisch durchsehen? Die Schubladen? Vielleicht finden sich da noch irgendwelche Notizen, Beweismittel, was weiß ich. Leg mir beiseite, was immer dir interessant oder seltsam erscheint, okay? Ich schaue es mir dann genauer an."

Miriam nickte zögerlich. Sie hätte sich bestimmt auch gern vor dieser harmloseren Aufgabe gedrückt – aber darauf konnte Penny keine Rücksicht nehmen. Es würde schon zu zweit eine geraume Zeit in Anspruch nehmen, Johannas Archiv zu durchforsten, und ein anderer Helfer als Miriam kam nicht in Frage. Nicht in einem Haus, in dem jeder ein Mordverdächtiger war.

Sie zog sich mit den ramponierten fünf Notizbüchern auf das geblümte Samtsofa zurück und vertiefte sich in die Berichte der alten Detektivin. Sie las in chronologischer Reihenfolge, angefangen mit dem ältesten Notizbuch. Johanna hatte es letzten Sommer begonnen.

Penny hatte sich schon immer für Verbrechen interessiert, genau wie Johanna auch, und hatte daher in ihrem Leben schon eine Fülle an Kriminalliteratur verschlungen. Romane ebenso wie Artikel oder Bücher über wahre Verbrechen.

Etwas wie Johanna Lempras Tagebücher war ihr jedoch noch nie untergekommen. Die alte Dame berichtete so akribisch, dass man das Gefühl hatte, ihr bei ihren Ermittlungen über die Schulter gucken zu können.

Und dennoch fand sich oft kein Hinweis darauf, wie sie am Ende der einzelnen Fälle jeweils auf die richtige Lösung gekommen war. Vermutlich waren ihre eigenen Gedankengänge für sie selbstverständlich gewesen, so undurchsichtig sie für einen Außenstehenden auch sein mochten.

Das älteste der fünf Bücher war insgesamt drei Fällen gewidmet. Erstens: einem heimtückischen Mordanschlag in der Gemeinde Aspern, den die Polizei als gewöhnlichen Herzinfarkt abgetan hatte.

Zweitens: einem spektakulären Mehrfachmord in Wien, den Penny selbst in der Zeitung verfolgt hatte, und der, soweit sie wusste, offiziell noch ungelöst war. Johanna nannte einen Mann als Mörder, von dem in der Presse bestimmt nicht die Rede gewesen war.

Und drittens: ein Giftmord im Waldviertel, anscheinend innerhalb einer Familie, mit der Johanna befreundet gewesen war. Hinter dem ersten und dem dritten Fall waren jeweils mehrere Seiten herausgerissen worden.

Zwischen ihren Mordermittlungen hatte die alte Dame auch gelegentlich Privates notiert. Gedanken zu Miriam, die Lösung eines Fernsehkrimis, auf die sie bereits in der ersten Hälfte des Films gekommen war, Kommentare zum Zeitgeschehen und Ähnliches.

Die nächsten drei Notizbücher, die Penny in Augenschein nahm, folgten einem ähnlichen Muster. Sie enthielten jeweils mehrere Fälle, zwischen denen immer wieder Seiten fehlten. Anscheinend hatte derjenige, der die Blätter herausgerissen hatte, die Bücher genau durchgesehen und alles getilgt, was Penny in irgendeiner Form hätte weiterbringen können.

Im fünften Buch waren die meisten Seiten entfernt worden. Es fehlte mehr, als vorhanden war. Doch Penny hatte kaum die ersten paar der verbliebenen Seiten durchgeblättert, da stieß sie auf eine höchst interessante Passage. Die Notiz folgte unmittelbar auf die Besprechung eines Fernsehkrimis, den Penny selbst gesehen und ziemlich langweilig gefunden hatte, und lautete wie folgt:

Armin kann mir nichts vormachen, er ist nicht wirklich an Miriam interessiert.
Ich muss sie vor ihm schützen.
Soll ich ihm auf den Kopf zusagen, dass ich weiß, was er hier im Hotel will?

Penny blickte hoch und sah zu Miriam hinüber, die gerade dabei war, die Schreibtischladen zu durchwühlen. Sie wollte schon ihren Namen rufen, um die Aufmerksamkeit ihrer Mandantin zu gewinnen, doch dann überlegte sie es sich anders.

Lieber erst einmal herausfinden, was Johanna Lempra mit dieser kryptischen Bemerkung sagen wollte.

Armin war allemal ein besserer Freund für Miriam als dieser Troll von einem Theo, wenn es nach Penny ging. Er wirkte ehrlich interessiert an ihr. Und Miriam schien ihn auch zu mögen.

Penny beschloss, diese aufkeimenden Gefühle nicht mit einem Verdacht der Großmutter zu zerstören, der sich womöglich am Ende als unbegründet erwies. Mithilfe ihres Smartphones fotografierte sie die Stelle über Armin, dann vertiefte sich sich erneut in das letzte von Johannas Tagebüchern. Sie blätterte Seite um Seite um, und konnte spüren, wie ihr die Müdigkeit auf die Lider drückte. Doch dann war sie mit einem Mal hellwach.

Christiane Wittmann ist eine Mörderin, stand da geschrieben, in Johannas makelloser Schönschrift. Nur ein paar Seiten nach der kryptischen Notiz über Armin.

Penny musste den Eintrag zwei Mal lesen. Er war mit 12. Januar datiert, nur knapp zwei Wochen vor Johannas Tod.

Christiane Wittmann, die stille, trauernde Witwe, die Wilhelm Lindner ihr eben zuvor im Restaurant beschrieben hatte, sollte eine Mörderin sein?

Rasch las Penny weiter. Der Eintrag vom 15. Januar lautete:

Ich habe mich nicht geirrt, was Christiane betrifft. Ich habe ihr die Morde auf den Kopf zugesagt, und sie hat beide Verbrechen gestanden. Dann allerdings hat sie sich über mich lustig gemacht, weil ich nicht den Hauch eines Beweises habe. Womit sie leider recht hat.
Ich weiß noch nicht, welches Gift sie verwendet hat. Sowohl ihr Ehemann als auch ihr Schwiegersohn starben laut Polizei eines natürlichen Todes. Wenn ich es herausfinden kann, so habe ich vielleicht eine Chance, ihr doch noch etwas

nachzuweisen.

Hier endete der Bericht. Die nächsten Seiten – die letzten in dem Buch – waren allesamt herausgerissen worden. Penny lehnte sich zurück und stöhnte frustriert auf.

Eine Chance, ihr doch noch etwas nachzuweisen ...

War Johanna deswegen ermordet worden? Weil es ihr am Ende gelungen war, Beweise gegen eine skrupellose Doppelmörderin zu finden? Hatte die alte Meisterschnüfflerin für diese detektivische Glanzleistung mit ihrem Leben bezahlt?

Penny blickte zu Miriam hinüber – und musste zu ihrem Erstaunen feststellen, dass diese wie angewurzelt vor dem Schreibtisch stand. In der rechten Hand hielt sie einen zartblauen Bogen Briefpapier, an dem ihr Blick festgefroren war. Das passende Kuvert zu dem Schriftstück lag direkt vor ihr auf der Tischplatte.

"Was ist?", fragte Penny alarmiert. "Hast du was gefunden?"

Miriam ließ das Blatt sinken und starrte sie mit offenem Mund an. "Ein Brief von Oma", flüsterte sie. "An mich."

"Oh." Penny versuchte, sich ihre Enttäuschung nicht anmerken zu lassen. Sie hatte auf etwas gehofft, das sie weiterbringen konnte. In der Mordsache.

"Was will sie mir damit sagen?", fragte Miriam – und las Penny ungefragt aus dem Brief vor: "*Lerne aus der Vergangenheit, meine geliebte Miriam, und du wirst nie wieder eine Bettlerin sein.* Ich verstehe nicht, was das heißen soll."

"Da sind wir schon zwei", sagte Penny. Sie stand auf, ging zu Miriam hinüber und guckte ihr über die Schulter. Der

Brief war in der gleichen Schönschrift verfasst wie die Tagebücher.

... du wirst nie wieder eine Bettlerin sein. Diese Formulierung war sehr eigenartig gewählt. Natürlich war Johannas Enkelin nicht wohlhabend, aber eine Bettlerin? "Klingt für mich, als wolle sie dir etwas versprechen", sagte Penny zu Miriam. "Eine Erbschaft vielleicht?"

Miriam zog die Stirn kraus. "Ja, klar, ich bin ihre Erbin. Ich bekomme das Hotel. Aber das ist alles. Der Notar hat Omas Testament schon eröffnet."

"Wo hast du den Brief gefunden?", fragte Penny.

"Hier oben, in der ersten Schublade links."

"Und was war da sonst noch drin?"

Miriam zuckte mit den Schultern. "Versicherungspolizzen, Steuererklärungen. Es war wohl Omas Lade für wichtige Dokumente."

"Sie hat den Brief also so platziert, dass du ihn auf jeden Fall finden wirst", überlegte Penny laut.

"Ja, aber die Worte ergeben doch keinen Sinn, oder?"

"Darf ich den Brief fotografieren? Ich werde drüber nachdenken, okay? Vielleicht fällt mir ja etwas ein – aber erst einmal wollen wir den Mörder deiner Oma finden, nicht wahr?"

"Ja ... sicher", sagte Miriam rasch.

"Ich habe da eine vielversprechende Spur gefunden", fuhr Penny fort. "Im letzten Tagebuch deiner Großmutter."

Sie gab Miriam eine kurze Zusammenfassung des Falls *Christiane Wittmann*. Zwei Tote, ein unbekanntes Gift ... und fürs Erste kein brauchbarer Beweis, der die Mörderin hätte überführen können.

Als Penny geendet hatte, war ihre Klientin ganz blass

geworden und guckte sie aus schreckensweiten Augen an. "Christiane? Eine Mörderin? Aber sie war so eine nette Dame! Nicht sehr gesprächig, aber doch liebenswürdig. Völlig harmlos!"

"Auch nette Menschen können töten", gab Penny zurück – dann stand sie auf und knipste ein Foto von dem seltsamen Brief, den Johanna Lempra ihrer Enkelin hinterlassen hatte.

11.

Samstag, 9. Februar

Es war schon nach Mitternacht, als Penny in ihr Bett fiel. Die Matratze war durchgelegen, die Bettwäsche aber immerhin blütenweiß und angenehm duftend.

Als sie beinahe schon eingeschlafen war, klopfte es an der Tür. Sie fuhr hoch, zog ihren Pyjama verkehrt herum an – was ihr zu spät auffiel, sie um diese Uhrzeit allerdings wenig kümmerte.

Vor der Tür stand Irmi, die Köchin, mit einem Speisetablett in Händen. Mit ihrem Kurzhaarschnitt und der schlanken, nein, fast athletischen Figur sah sie eher wie eine Fitnesstrainerin aus als die typische Köchin eines Landrestaurants. Sie lächelte breit, als sie Penny erblickte. "Sie haben eh noch nicht geschlafen, oder?"

Sie trat ins Zimmer, ohne erst eine Aufforderung dazu abzuwarten. "Sie haben ja so wenig gegessen heute Abend, da hab ich mir gesagt, ich bringe Ihnen eben noch ein Dessert."

Nette Ausrede, dachte sich Penny. Die Portion *Gebackene Scholle,* die sie im Restaurant verdrückt hatte, war mehr als reichlich gewesen. Dass Irmi jetzt nach Mitternacht mit zwei großen Stück Schokoladetorte zu ihr kam, hatte rein gar nichts mit ihrem leiblichen Wohl zu tun. Die Köchin war schlicht neugierig – wie schon der Hausmeister zuvor. Anscheinend war das eine weit verbreitete Eigenschaft im

Grandhotel Mönchswald.

Nun, Penny hatte nichts dagegen. Die Köchin stand auch auf der Liste der möglichen Verdächtigen, was den Mord an Johanna Lempra anbelangte, und so war ein Gespräch mit ihr ohnedies unumgänglich. Abgesehen davon duftete die Schokoladetorte so unwiderstehlich, dass sie tatsächlich einen Anflug von Appetit verspürte.

Kaum, dass sie sich am schmalen Schreibtisch ihres Zimmers niedergelassen hatte und das erste Stück Torte auf die Gabel spießte, begann Irmi zu reden. "Sie werden ihn finden, oder?", fragte sie aufgeregt. "Den, der Johanna das angetan hat. Diesen heimtückischen Meuchelmörder! Und dann wird man ihn hoffentlich hart bestrafen! In Österreich sind wir viel zu milde mit diesem Abschaum."

Penny nickte mit vollem Mund. Die Torte schmeckte noch köstlicher als erwartet. "Ich werde mir Mühe geben", sagte sie.

"Gut so", erwiderte Irmi mit Inbrunst. "Auge um Auge, Zahn um Zahn, sage ich. Das mag zwar altmodisch sein, aber es ist gerecht! Wir hätten viel weniger Morde, Vergewaltigungen oder Raubüberfälle, wenn diese Kerle härter bestraft würden, da geb ich Ihnen mein Wort drauf!"

Die Köchin wollte also über den Mord reden. Genau wie der Hausmeister schon zuvor. Nun, das traf sich gut, auch wenn Pennys kleine graue Zellen sich bereits im Halbschlaf befanden.

Sie ergriff die Gelegenheit beim Schopf und kam ohne Umschweife auf den Punkt. "Frau Lempras Mörder muss jemand aus dem Hotel sein, nicht wahr?"

Die Köchin nickte. "Ja, so sieht es aus. Ist das nicht

schrecklich!" Ihre Stimme klang eher aufgeregt als verängstigt.

"Ganz furchtbar", bestätigte Penny. "Wer käme denn Ihrer Meinung nach am ehesten als Täter in Frage?"

Irmi musste nicht erst überlegen. "Ich weiß es nicht. Ich traue jedem hier einen Mord zu. Das Böse ist überall!"

"Jedem? Auch Miriam?"

Die Köchin zögerte. "Man darf sich nicht von einem unschuldigen Äußeren täuschen lassen", sagte sie dann. "In so vielen Menschen steckt etwas Böses. Selbst in Leuten, denen man das niemals zutrauen würde. Johanna hat mir da echt die Augen geöffnet!" Sie rieb sich wohlig die Hände, fast so, als hätte ihr diese Erfahrung großes Vergnügen bereitet.

"Mir kommt vor, Sie sind auch eine recht leidenschaftliche Amateurschnüfflerin, Irmi. Genau wie Ihre verstorbene Chefin?"

Die Köchin genoss das Kompliment sichtlich, senkte aber in einem Anflug von Bescheidenheit den Blick. "Ich habe viel von Frau Lempra gelernt. Wir alle hier im Haus. Auch wenn manche das weniger zu schätzen wussten. Aber ich würde meine Talente niemals mit den ihrigen vergleichen."

"Besprach sie denn auch ihre Fälle mit Ihnen?"

"Ja, oft. Mit jedem von uns. Na ja, außer mit Miriam, die ist ja so zimperlich. Verdrängt das Böse lieber, als sich ihm zu stellen. Und vor den Gästen war Johanna natürlich auch diskret. Sie vertraute sich mir an und Jakub und natürlich Herrn Lindner. Sie sagte immer, dass es ihr dabei half, ihre Gedanken zu ordnen, wenn sie ihre Fälle mit jemandem durchsprach. Verschiedene Möglichkeiten durchging. Manchmal auch einen anderen Blickwinkel einnehmen konnte."

Irmi ließ sich unaufgefordert in den einzelnen Fauteuil fallen, der neben Pennys Bett stand. "Keiner von uns trug etwas nach außen", fuhr sie fort. "Da pflegten wir einen strengen Ehrenkodex. Johanna war in der Gemeinde nicht unbedingt beliebt, muss ich leider sagen. Ihre Fähigkeiten waren den Menschen unheimlich. Und es haben wohl mehr Leute eine Leiche im Keller, als man sich in seinen schlimmsten Alpträumen vorstellen mag."

"Konnten Sie denn auch einmal etwas zur Lösung eines Falls beitragen?", fragte Penny weiter.

Die Köchin legte den Kopf schief. "Na ja, die eine oder andere Kleinigkeit vielleicht. Ich habe mich jedenfalls immer sehr bemüht."

"Und Herr Lindner?"

"Oh, der hätte Johanna stundenlang zuhören können. Er ist ihr sehr zugetan, wissen Sie. Das heißt, er war ihr sehr zugetan." Für einen Moment verschwand das euphorische Funkeln aus Irmis Augen und wich einem Ausdruck, den Penny nicht deuten konnte. War es Kummer? Oder etwas anderes?

"Was ist mit Jakub?", fragte sie weiter.

"Ach, das ist ein echter Möchtegernschnüffler. Der überschätzt sich total, wenn Sie mich fragen."

"Aber in Summe haben Sie alle einiges gelernt, was Gewaltverbrechen anbelangt."

Die Augen der Köchin verengten sich. "Was wollen Sie denn damit sagen?"

"Nur, dass der Mörder vielleicht wusste, was er tat, wenn wir den Schuldigen tatsächlich unter den Hausbewohnern suchen müssen."

Irmi schnaubte. "Mich können Sie ruhig ausnehmen, Fräulein! Ich hab Johanna nicht umgebracht. Ich bin eine friedliebende Frau! So viel Menschenkenntnis besitzen Sie doch hoffentlich."

Sie bedachte Penny mit einem strafenden Blick, dann fuhr sie fort: "Nehmen Sie sich lieber mal diesen Armin Keyser vor. Das ist ein ganz übler Typ, sage ich Ihnen! Würde mich nicht wundern, wenn er unser Mörder ist." Sie zögerte.

"Ja? Warum denn?", fragte Penny nach. "Welches Motiv könnte er denn gehabt haben, Johanna zu ermorden?" Sie legte die Kuchengabel aus der Hand. Wenn sie noch einen einzigen Bissen aß, würde sie platzen.

Aber mit Irmi lief es immerhin gut. Sie war nicht nur eine hervorragende Köchin, sondern auch eine sehr ergiebige Gesprächspartnerin. *Klatsch ist der beste Freund des Berufsdetektivs*, pflegte einer von Pennys Ausbildern an der Argus Akademie gerne zu sagen. Er hatte zweifellos recht.

Irmi hob einen Zeigefinger. "Er ist ein *Schatzjäger*!", sagte sie gedehnt. "Er hat meine Großtante Leonora regelrecht gelöchert ... wegen dieser alten Sache."

"Ein Schatzjäger?", wiederholte Penny. Sie runzelte die Stirn. Wollte die Köchin sie auf den Arm nehmen?

Irmi nickte triumphierend. "Jawohl. Aber natürlich ist er auf dem Holzweg." Sie machte eine abfällige Handbewegung. "Leonora hat ihm einen Bären aufgebunden. Sie verzapft völligen Unfug, will sich wichtigmachen ... und senil wird sie auch langsam, fürchte ich."

Dennoch ließ sie es sich nicht nehmen, Penny gleich darauf einen umfassenden Bericht von dem "Unfug" zu geben, den ihre Großtante Armin anscheinend eingeflüstert hatte. "Es geht um Johannas Großvater", verkündete sie. "Matthias ... den Familiennamen weiß ich nicht mehr. Er führte das Hotel während der Kriegsjahre. Und es heißt, er war ein Nazi-Sympathisant. Obwohl er ein jüdisches Ehepaar hier im Hotel versteckte. Schmeckt Ihnen die Torte nicht? Sie haben ja kaum die Hälfte gegessen!"

"Oh doch, sie ist köstlich", sagte Penny rasch und griff schuldbewusst nach der Gabel. "Ich wollte Ihnen nur meine ganze Aufmerksamkeit schenken."

Was bist du doch für eine Heuchlerin, Penny. Sie spießte ein winziges Stück Torte auf und hoffte, dass ihr Magen mit der Aufgabe wachsen würde.

Die Köchin lächelte kokett und fuhr sich mit der Hand durch ihr kurzes, strubbeliges Haar. "Ach, essen Sie ruhig! Ich will mir doch nicht nachsagen lassen, dass Sie hier bei uns im Grandhotel schlecht verpflegt werden."

"Da brauchen Sie sich wirklich keine Sorgen zu machen", sagte Penny, "aber fahren Sie doch bitte fort. Johannas Großvater – wie ging es weiter?"

Das ließ sich Irmi nicht zweimal sagen. "Es hieß, sie waren seeehr reich, dieses jüdische Paar. Juweliere aus Wien oder so. Sie sollen ihr gesamtes Vermögen in Form von Diamanten mit sich geführt haben."

"Und wieso weiß Ihre Großtante von dieser alten Geschichte?"

"Sie arbeitete damals hier im Hotel, als Zimmermädchen. Sie ist über neunzig, müssen Sie wissen." Irmi verzog das Gesicht. "Eine bösartige alte Hexe. Und schon ziemlich wirr im Kopf. Sie behauptet, die Leute verschwanden in einer

Nacht-und-Nebel-Aktion."

"Wer, das jüdische Ehepaar?"

"Genau. Der alte Matthias soll sie an die Nazis verraten haben. Ausgemachter Quatsch, sage ich Ihnen. Aber Leonora behauptet, dass er sich danach auf die Suche machte. Nach den Diamanten, die die beiden angeblich im Hotel versteckt hatten. Und dass er die Steine nie gefunden hat."

"Sie denken also, diese Diamanten könnten sich heute noch hier im Haus befinden?"

"Ich nicht. Aber Großtantchen schon. Und sie erzählt es im Dorf herum, seit einigen Jahren. Seit sie senil wird. Dabei wird die Geschichte immer verrückter, jedes Mal schmückt sie alles noch mehr aus. Neuerdings soll jetzt der alte Matthias sogar ihr heimlicher Geliebter gewesen sein. Was vollkommener Bockmist ist. Leonora ist eine spröde alte Jungfer!"

"Aber Armin scheint ihrer Geschichte Glauben zu schenken?"

"Oh ja. Der Kerl hat selbst nicht alle Tassen im Schrank, wenn Sie mich fragen. Sieht überall Abenteuer und Geheimnisse. Ich sage Ihnen, er ist hinter den Diamanten her, auch wenn die gar nicht existieren!"

"Was sagte denn Frau Lempra zu dieser Geschichte über ihren Großvater? Haben Sie sie einmal danach gefragt?"

"Natürlich habe ich das. Gleich nachdem Leonora anfing, diesen Unfug über Matthias herumzuerzählen."

"Und?"

"Johanna sagte, die jüdischen Eheleute konnten in die USA fliehen. Und Matthias soll den beiden bei der Flucht geholfen haben."

"Das heißt, zumindest dieser Teil der Geschichte entspricht den Tatsachen? Frau Lempras Großvater versteckte tatsächlich dieses Paar?"

Die Köchin zuckte mit den Schultern. "Warum nicht? Ich glaube die Version, die Johanna mir erzählt hat. Sie hätte mich niemals angelogen."

"Vielleicht beschönigte sie die Dinge etwas? Womöglich war sie um den Ruf der Familie, beziehungsweise des Hotels, besorgt? Eine Nazi-Vergangenheit macht sich heutzutage gar nicht gut."

"Wollen Sie sie verleumden?", gab die Köchin erbost zurück.

Penny lächelte versöhnlich. "Keineswegs. Ich suche nur nach einem Motiv, warum sie ermordet wurde. Das ist alles. Wir wollen doch den Mörder schnappen, nicht wahr?"

Die Köchin erhob sich aus ihrem Fauteuil und kam zu Penny herüber. "Sie machen einen klugen Eindruck, Fräulein. So etwas sehe ich gleich. Vielleicht sind Sie ja auch eine ganz gute Detektivin. Aber ich sage Ihnen jetzt mal was: Ich denke, Ihre Dienste sind hier im Hotel gar nicht vonnöten. Johanna wird dieses Verbrechen nämlich selbst aufklären!"

Sie verstummte, ließ ihre Worte wirken und bedachte Penny mit einem triumphierenden Blick.

"Ich fürchte, ich kann Ihnen nicht folgen", sagte Penny.

"Johanna wurde im Haus gesehen, haben Sie das noch nicht gehört?"

Nicht schon wieder diese Geistergeschichte. Penny stöhnte innerlich auf. "Jakub hat es erwähnt", sagte sie mit wenig Enthusiasmus. "Und Miriam, aber die hatte vermutlich einen Albtraum."

"Was, wenn nicht?"

"Sie glauben doch nicht ernsthaft, dass Frau Lempra umgeht?" Penny hätte die Köchin eigentlich als durchaus vernünftige Frau eingeschätzt. Eine, die mit beiden Beinen fest auf der Erde stand. Sollte sie sich geirrt haben?

Irmi schüttelte forsch den Kopf. "Nicht doch, Fräulein, seien Sie nicht albern. Sie lesen zu viele Geistergeschichten!"

"Was denn dann?" Penny verstand gar nichts mehr.

Die Köchin setzte wieder ihr triumphierendes Lächeln auf. Sie streckte ihren Zeigefinger aus und wedelte Penny damit vor der Nase herum. "Ich sage Ihnen, sie *lebt*!"

"Bitte was?"

"Sie wollen eine Detektivin sein? Denken Sie an Sherlock Holmes! Die *Reichenbachfälle*, klingelt da nichts bei Ihnen?" Noch mehr triumphierendes Grinsen, gepaart mit dem herablassenden Blick einer Oberlehrerin, die sich mit einer besonders begriffsstutzigen Schülerin abmühte.

Natürlich kannte Penny jene Sherlock Holmes Geschichte, in welcher der Meisterdetektiv anscheinend zu Tode kam – nur um Jahre später quietschlebendig wieder aufzutauchen. Aber Irmi konnte doch nicht allen Ernstes darauf hinauswollen, dass Johanna Lempra einen ähnlichen Stunt vollführt hatte? Sherlock Holmes war eine Buchfigur!

Sie schüttelte unwillig den Kopf. "Sie denken, dass Johanna ihren Tod nur *vorgetäuscht* hat?"

Irmi nickte energisch. "Sie hat es wie Sherlock Holmes gemacht. Sie lässt den Mörder glauben, dass sie tot ist, und spukt im Hotel herum, um ihn aus der Reserve zu locken. Damit er einen Fehler begeht und sich verrät. Vielleicht will sie ihn sogar so weit bringen, dass er versucht, sie noch einmal zu töten. Damit sie ihn in flagranti erwischen kann. So sagt man das doch? Johanna ist sehr mutig, wissen Sie. Das war sie immer schon. Man darf nicht zaudern, wenn man das Böse aufhalten will!"

"Und Sie denken, Johanna wüsste nicht, wer sie töten wollte, wenn sie denn tatsächlich noch am Leben wäre?", fragte Penny. "Dass sie das erst herausfinden muss, indem sie Spielchen mit ihrem Mörder spielt?"

Sie konnte nicht glauben, dass sie ernsthaft diese Diskussion führte. Im Allgemeinen warf man *ihr* eine zu lebhafte Fantasie vor – aber diese Köchin stellte sie locker in den Schatten.

"Gebrauchen Sie doch Ihren Kopf, Fräulein", tadelte Irmi sie. "Johanna wurde die Treppe hinuntergestoßen. Von hinten geschubst. Alles klar? Da konnte sie ihren Mörder nicht sehen. Und auch wenn sie nicht starb, so verlor sie doch sicher das Bewusstsein. Der Sturz über die Treppe war bestimmt furchtbar schmerzhaft für sie."

"Und der Totenschein?", gab Penny zu bedenken. "Glauben Sie, der Arzt, der den ausgestellt hat, hätte es nicht bemerkt, wenn Johanna noch am Leben gewesen wäre? Oder der Bestatter, der sie beerdigt hat?"

"Ha!", kam es prompt von Irmi. "Das sind gute Freunde von Johanna, alle beide! Sowohl Dr. Schopp als auch der alte Gergow. Die stecken natürlich mit ihr unter einer Decke! Außerdem wurde Johanna brandbestattet. Da fällt es nicht auf, wenn keine Leiche im Grab liegt, sollte man sie jemals exhumieren wollen! Um ein Häufchen Asche zu erhalten, kann man ja alles Mögliche verbrennen, nicht wahr?"

Sie sah Penny einen Augenblick lang schweigend an – vermutlich um ihren Triumph zu genießen. Dann kniff sie verschwörerisch die Augen zusammen. "Ich sage Ihnen, der Mörder soll sich vorsehen! Johanna wird ihn zur Strecke bringen, Sie werden es schon sehen."

12.

Im Frühstücksraum des Hotels saßen bereits Armin und Wilhelm, als Penny kurz nach acht Uhr morgens dort auftauchte.

Jeder der Männer hatte sich an einem eigenen Tisch niedergelassen. Penny steuerte einen dritten an, direkt vor einem der Panoramafenster mit Blick ins Tal. Wilhelm nickte ihr zum Gruß freundlich zu, Armins Aufmerksamkeit hingegen war zur Gänze Miriam gewidmet.

Anscheinend gehörte auch der Frühstücksservice zu Miriams Aufgaben im Hotel. Sie trug eine Spitzenschürze, und war gerade dabei, Armin dampfend heißen Kaffee einzuschenken. Und ihm dabei schöne Augen zu machen.

"Hättest du Lust mitzukommen?", fragte er sie, nachdem sie frische Semmeln in sein Brotkörbchen nachgelegt hatte. "Ich will heute Nachmittag in die alte Volksschule, ein paar Aufnahmen machen. Das musst du unbedingt sehen. Das Licht, die Atmosphäre ... es ist wie ein Ort aus einer anderen Welt."

Miriam schielte zu Penny herüber. "Wirst du mich den ganzen Tag über brauchen? Oder könnte ich –"

"Nur zu", sagte Penny rasch. "Es gibt da ein paar Punkte, die ich gern mit dir klären würde, aber danach komme ich gut allein zurecht."

Armin lehnte sich vor und grinste Penny gönnerhaft an. "Wie geht's unserer Detektivin denn heute Morgen?", fragte er in scherzendem Tonfall. "Den Mörder schon geschnappt? Nein? Na, kein Wunder, denn ich verrate dir mal was: Es gibt keinen Mörder!"

Miriam sah ihn irritiert an. "Und der Einbruch?", fragte sie. "Wie erklärst du dir den, wenn Oma tatsächlich bloß einen Unfall hatte?"

Armin zog die Schultern hoch. "Zugegeben, ein merkwürdiger Zufall, dass das ausgerechnet jetzt passiert ist. Die Verbrechensrate hier an eurem entzückenden Ende der Welt ist bestimmt nicht hoch."

Er grinste Miriam versöhnlich an. "Aber vielleicht hat ja gerade deswegen einmal ein Einbrecher sein Glück versucht? Der Typ muss ohnedies ein Amateur gewesen sein. Ich meine, wer kommt auf die Idee, ausgerechnet so einen heruntergekommenen Kasten ins Visier zu nehmen?"

Als er sah, wie Miriam die Stirn kraus zog, fügte er rasch hinzu: "Ich will doch nur, dass du dich nicht unnötig ängstigst! Dass du aufhörst mit dieser lächerlichen Mörderjagd und dich wieder den Lebenden zuwendest. Mir zum Beispiel." Sein Grinsen wurde noch breiter.

Nach dem Frühstück folgte Penny der jungen Hotelchefin in das kleine Büro hinter der Rezeption. Dort angekommen fuhr Miriam den Computer hoch, auf dem die Gästedaten des Grandhotels abgespeichert waren.

Der Rechner sah aus, als stamme er noch aus dem letzten Jahrtausend. Er ratterte, ächzte und piepte und brauchte geschlagene zehn Minuten, bis der Startbildschirm zu sehen war.

"Was wisst ihr über Christiane Wittmann?", wiederholte Penny die Frage, die sie beide hierher geführt hatte.

Miriam durchforstete die Gästedatei auf dem Bildschirm. "Die Adresse, die sie angegeben hat, ist in Linz. Sie ist 53 Jahre alt, verwitwet ... aber das wussten wir ja schon. Denkst du, sie hat wirklich ihren Ehemann vergiftet?"

"Und den ihrer Tochter, wenn deine Oma richtig lag", sagte Penny.

Miriam verzog das Gesicht und klickte sich weiter durch die Infos auf dem Bildschirm. "Das ist merkwürdig", sagte sie einen Augenblick später. "Ich finde hier nirgendwo eine Zimmerrechnung für Frau Wittmann."

"Kann deine Großmutter darauf vergessen haben, die Rechnung abzuspeichern?"

"Bestimmt nicht. Ich hab dir doch schon erzählt, wie penibel sie war. Sie kontrollierte jeden Beleg drei Mal. Wenn hier keine Rechnung gespeichert ist, dann hat sie auch keine ausgestellt."

"Dann müssen wir wohl davon ausgehen, dass Frau Wittmann abgereist ist, ohne zu bezahlen."

Miriam nickte zögerlich. "Oh Gott, Penny, bestimmt hat sie Oma ermordet! Sonst hätte sie doch ganz normal ausgecheckt, oder?"

"Und danach ist sie zurückgekehrt, um im Archiv deiner Großmutter einzubrechen – von dessen Existenz sie eigentlich nichts wissen konnte? Und sie hat die Tagebücher zerpflückt, nur um ausgerechnet die Seiten stehenzulassen, in denen Johanna sie des Mordes bezichtigt?"

Miriam sah sie mit großen Augen an. "Das ergibt keinen Sinn", flüsterte sie.

"Nicht wirklich", stimmte Penny ihr zu. Oder hatten sie etwas übersehen?

Sie überflog erneut die Daten, die Miriam auf den Bildschirm geholt hatte. "Der Name, der da unter *Sonstiges* angegeben ist, Jacqueline Wittmann, wer ist das? Die Tochter?"

Miriam runzelte die Stirn. "Ich glaube ... ach ja, warte, sie war einmal hier. Ganz am Anfang, eine Woche oder so, nachdem Christiane bei uns eingecheckt hatte. Das hab ich ganz vergessen. Wir haben kurz miteinander gesprochen. Sie sorgte sich um ihre Mutter, weil diese sich hier so abkapselte nach dem Tod von Herrn Wittmann. Sie hat ihre Telefonnummer hinterlassen und mich gebeten, dass ich Christiane im Auge behalte. Ich sollte sie gleich anrufen, wenn ihre Mutter depressiv würde oder so. Sie hat mir ein sehr großzügiges Trinkgeld gegeben."

"Aber du hast sie nie angerufen?"

"Es gab keinen Grund dazu. Christiane blieb gerne für sich, aber sie wirkte nicht unglücklich oder gar depressiv. Sie verhielt sich völlig normal, für jemanden, der einen geliebten Menschen –" Sie unterbrach sich. "Oh Mann, Penny, sie hat ihn gar nicht geliebt. Sie hat ihn heimtückisch ermordet!"

"Wenn deine Großmutter recht hatte ..."

"Oh, das hatte sie bestimmt. Sie lag fast nie falsch. Und Christiane ist einfach verschwunden, ohne zu bezahlen! An dem Tag, an dem Oma starb! Wie viele Beweise brauchst du denn noch!"

"Ich denke, ich sollte diese Jacqueline Wittmann einmal anrufen", sagte Penny. "Würde es dir etwas ausmachen, wenn ich mich als Mitarbeiterin des Hotels ausgebe?"

"Was? Nein, natürlich nicht. Aber was hast du vor?"

Eine knappe halbe Stunde später saß Penny auf dem Bett in ihrem Zimmer und schaltete ihr Mobiltelefon aus. Soeben hatte sie das Telefonat mit Christiane Wittmanns Tochter beendet.

Jacqueline wusste nichts davon, dass ihre Mutter aus Mönchswald verschwunden war. Zumindest hatte sie das behauptet und dabei so alarmiert gewirkt, dass Penny geneigt war, ihr Glauben zu schenken.

"Vor zwei Wochen abgereist?", hatte sie mehrfach wiederholt und dabei jedes Mal hysterischer geklungen. "Und Sie wissen nicht, wo sie hinwollte?"

"Ich hatte gehofft, Sie könnten uns das sagen, Jacqueline."

"Ich? Nein. Oh Gott, ihr muss etwas zugestoßen sein", kam es anstelle einer Antwort zurück. "Mama reiste nicht gern, wissen Sie. Sie hat Linz kaum je verlassen, als Papa noch lebte. Sie hat sehr an ihm gehangen, und sein Verlust muss sie schrecklich getroffen haben. Also ließ ich ihr ihren Willen, als sie darauf beharrte, für eine Weile nach Mönchswald zu ziehen. Sie war in ihrer Jugend sehr glücklich da, auch wenn ich keine Details kenne. Es heißt ja, man muss den Menschen Zeit für die Trauerarbeit geben, nicht wahr? Und dass jeder die großen Verluste im Leben auf seine eigene Weise verarbeitet. Ich hätte Mama gern um mich gehabt, aber sie wollte allein sein. Das habe ich akzeptiert. Aber jetzt ... Oh Gott, ich muss sie sofort als vermisst melden!"

"Ähm, könnten Sie uns im Hotel Mönchswald auf dem

Laufenden halten, bitte? Wenn Ihre Mutter wieder auftaucht? Sie war nicht nur ein Gast für uns, wissen Sie. Sie war eine Freundin meiner Arbeitgeberin – die selbst kürzlich verstorben ist." Manchmal musste man die Wahrheit kreativ erweitern. "Wir wüssten gerne, ob es ihr gut geht. Hoffentlich taucht sie bald wieder auf."

"Ja, ja natürlich", stammelte Jacqueline. "Und mein Beileid, wegen Ihrer Arbeitgeberin!"

Penny lehnte sich gegen das Betthaupt und schloss die Augen. Diese Sache mit Christiane Wittmann gefiel ihr gar nicht. Aber war es wirklich so einfach, wie Miriam annahm? War diese Frau Johannas Mörderin?

Penny war sich da nicht so sicher, aber die Vermisstenmeldung, die Jacqueline Wittmann aufgeben wollte, war jedenfalls hilfreich. Die Polizei würde jetzt nach Christiane suchen. Das war ein Anfang.

Zwischenzeitlich gab es andere Spuren zu verfolgen. So viele auf einmal, dass Penny gar nicht wusste, wo sie anfangen sollte. Von den Hinweisen, die sie bis jetzt erhalten hatte, klang einer verrückter als der nächste. Ein ermordetes jüdisches Ehepaar aus der Nazizeit. Diamanten, die irgendwo innerhalb der alten Mauern des Grandhotels versteckt sein sollten. Johanna Lempra, die angeblich im Haus umging, entweder als Geist oder gar in Fleisch und Blut, weil sie den eigenen Tod nur vorgetäuscht hatte.

Penny beschloss, mit Armin Keyser zu beginnen. Es konnte nicht schaden, sich diesen Lost Places Forscher einmal näher anzusehen. Dazu brauchte man wenigstens keinen Exorzisten.

Sie sprang vom Bett, holte ihren Laptop, den sie in der

Wäschekommode untergebracht hatte und ließ sich am Schreibtisch nieder. Als sie *Armin Keyser, Lost Places*, in die Suchmaschine eingab, spuckte diese an dritter Stelle Armins Website aus.

Penny klickte auf den Link.

Armins Webauftritt war überaus professionell gestaltet. Die Bilder und das Design verströmten eine Aura des Geheimnisvollen, weckten die Sehnsucht nach Abenteuern im Betrachter. Herr Keyser inszenierte sich selbst als eine Art moderner Indiana Jones. *Die Welt ist voller Wunder*, lautete ein Zitat von ihm, an prominenter Stelle auf der Titelseite.

Weiter unten fand sich das Motto, dem er sich bei der Erforschung von Lost Places verpflichtet fühlte. Sein Ehrenkodex, wie er es vollmundig nannte: *Take nothing but photos, leave nothing but footprints!*

Nimm nichts mit, außer Fotos, hinterlasse nichts, außer Fußabdrücken – das klang nicht gerade nach jemandem, der eine alte Frau ermordete, weil in ihrem Hotel womöglich ein Schatz aus der Nazi-Zeit versteckt war. In Form von Diamanten …

Penny klickte auf den Reiter mit der Aufschrift *Veröffentlichungen* und scrollte durch die Buchtitel, die aus Armins Feder stammten.

Unterirdisches Wien.

Geheimnisvolles Waldviertel.

99 schaurige Orte in Tirol.

99 vergessene Orte in der Steiermark.

Und jetzt hatte er sich also Niederösterreich vorgenommen. So weit nicht ungewöhnlich. Vielleicht hatte er wirklich aus einem völlig harmlosen Grund seinen Aufenthalt im

Grandhotel Mönchswald verlängert. Weil ihm die Atmosphäre gefiel? Na ja, und Miriam. Aber daran war ja nichts Kriminelles.

Andererseits schnüffelte Armin ganz offensichtlich im Haus herum. Auch nachts, zumindest hatte das der Hausmeister behauptet, der seinerseits gerne die Nase in die Angelegenheiten anderer Menschen steckte. Außerdem hatte Penny selbst am Abend ihrer Anreise Schmutz an Armins Kleidung entdeckt. Und Staub an seinen Schuhen.

Er hatte sich an Orten herumgetrieben, an denen lange niemand mehr saubergemacht hatte. An vergessenen, verlassenen Orten. Und das vielleicht nicht nur, um ein paar Fotos zu knipsen. Womöglich hatte er sogar irgendwo gegraben und sich dabei die Schmutzränder unter seinen sonst so gepflegten Fingernägeln geholt.

Penny musste an die seltsame Geschichte denken, die Irmi ihr erzählt hatte. Über die beiden jüdischen Flüchtlinge, die ihr Vermögen in Diamanten bei sich trugen, und hier im Hotel während der Kriegsjahre ein Versteck gefunden hatten. Nur um kurz darauf von Johannas Großvater an die Nazis verraten zu werden? Um ihres Schatzes willen?

Und dann war da noch der kryptische Eintrag in Johannas Tagebuch. *Armin kann mir nichts vormachen, er ist nicht wirklich an Miriam interessiert. Ich muss sie vor ihm schützen.*

Wovor genau hatte sie ihre Enkelin beschützen wollen? Vor einem gebrochenen Herzen? Oder vor etwas noch viel Schlimmerem?

13.

Am Nachmittag nahm Penny sich noch einmal Johanna Lempras Archiv vor. Miriam war nach Aspern gefahren, um Vorräte fürs Wochenende einzukaufen, und danach mit Armin verabredet. Aber das war Penny nur recht, so konnte sie sich ungestört und in aller Ruhe in die Tagebücher der alten Meisterdetektivin vertiefen.

Wenn sie besser verstand, wie Johanna Lempra gearbeitet hatte, wenn sie mehr über ihre Ermittlungsmethoden erfuhr, ihren Gedankengängen folgen konnte, dann hatte sie vielleicht eine Chance, ihrem Mörder auf die Spur zu kommen.

Diesmal nahm sie sich die älteren Tagebücher vor, diejenigen, in denen keine Seiten fehlten.

Auch hier hatte Johanna sorgfältig Buch geführt, über ihre Gedanken, ihre Fälle, ein wenig auch über ihr Familienleben. Oft hatte sie etwas über Miriam niedergeschrieben, Sorgen oder auch freudige Ereignisse, Dinge, die sie mit Stolz erfüllten. Nirgends jedoch fand Penny einen Hinweis auf den seltsamen Brief, den Johanna ihrer Enkelin hinterlassen hatte. Kein Wort darüber, wann die Meisterschnüfflerin diese Zeilen verfasst hatte. Oder gar, was sie dazu motiviert hatte.

Lerne aus der Vergangenheit, meine geliebte Miriam, und du wirst nie wieder eine Bettlerin sein.

Was hatte die alte Frau ihrer Enkelin und Erbin mit diesen

eigenartigen Worten bloß sagen wollen? Was sollte Miriam aus der Vergangenheit lernen? Etwas, das sich hier im Archiv fand?

Dass Johanna den Brief in ihrem Schreibtisch hinterlassen hatte, musste nichts bedeuten. Er hatte ja bloß bei anderen wichtigen Dokumenten gelegen.

Penny ließ sich die Worte bestimmt ein halbes Dutzend Mal durch den Kopf gehen, bis sie es schließlich aufgab. Dieses besondere Rätsel würde warten müssen, wenn es überhaupt eines war.

Sie wandte sich wieder den Tagebüchern zu. Fast ebenso zahlreich wie die Passagen über Miriam waren Einträge, die Wilhelm Lindner betrafen. Penny gewann den Eindruck, dass er für die alte Dame mehr als nur ein Freund gewesen sein musste. Johanna hatte oft an ihn gedacht, regen Anteil an seinem Leben genommen und ihm viele Seiten ihrer Tagebücher gewidmet.

Darüber hinaus waren auch diese älteren Bücher voller eingeklebter Fotos und Zeitungsausschnitte. Sie enthielten Gedächtnisprotokolle von Gesprächen, die Johanna mit den Zeugen und Verdächtigen ihrer Mordfälle geführt hatte, genauso wie Lösungsansätze zu Krimis, die die alte Dame im Fernsehen verfolgt oder gelesen hatte.

Es müsste faszinierend sein, diese Tagebücher zu veröffentlichen, ging es Penny durch den Kopf. In der Literaturgeschichte gab es eine ganze Reihe berühmter Tagebuchschreiber: Anne Frank über den Holocaust, Anais Nin über ihr Liebesleben. Goethes Schwester, Marilyn Monroe ...

Die Tagebücher der Johanna Lempra waren auf ihre Art

genauso einzigartig – bestimmt würden Krimi-Liebhaber in aller Welt diese Texte nur zu begierig verschlingen.

Penny vertiefte sich in die Kriminalfälle, die Johanna gelöst hatte. Miriams Großmutter war in ganz Europa herumgekommen, und wie es aussah, war das Verbrechen ihr überallhin gefolgt. Oder vielmehr hatte die alte Dame, ganz egal wo sie gerade war, immer wieder die Spur von Mördern aufgenommen – auch wenn sie bloß eine harmlose Woche Urlaub am Mittelmeer im Sinn gehabt hatte.

Ihre Methoden waren nicht diejenigen gewesen, die man in modernen Lehrbüchern der Kriminalistik beschrieben fand. Johanna hatte ihre Verbrechen mit einer Mischung aus Bauernschläue, Hausverstand und weiblicher Intuition gelöst. Sie hatte auf genaue Beobachtungen gesetzt, auf Geduld, Neugier, scheinbar harmlose Gespräche in der Nachbarschaft und auf ein exzellentes Klatsch-Netzwerk, das bis über die Landesgrenzen zu reichen schien.

Nach der Auflösung des jeweiligen Verbrechens jedoch folgten oftmals Worte der Ernüchterung, ja, manchmal sogar der Verbitterung. Johanna war es erschreckend selten gelungen, den oder die Schuldigen an die Polizei zu übergeben und auch tatsächlich eine Verurteilung zu erwirken. Die überwiegende Mehrzahl der Fälle verlief – wenn man es nüchtern betrachtete – im Sande.

Manchmal endete Johannas Bericht schlicht damit, dass der Mörder weggezogen war, und sie ihn aus den Augen verloren hatte. Manchmal schien auch eine höhere Gerechtigkeit am Werk zu sein, und Johanna vermerkte in ihrem Tagebuch, dass eine Giftmischerin selbst verunfallt war, oder ein Vatermörder einer tödlichen Krankheit erlegen war.

In diesen Fällen hatte die alte Dame jeweils ein Andachtsbild in das Tagebuch geklebt. Portraits von Heiligen, der Mutter Gottes, von Jesus ...

Der Herr ist unser Richter, fand sich in Johannas gestochen scharfer Schrift oftmals am Ende eines Kriminalfalls. Anscheinend war die Meisterdetektivin eine strenggläubige Christin gewesen, die darauf vertraut hatte, dass am Ende jeder Mensch seinen gerechten Lohn erhalten würde. Die Guten wie die Bösen.

Je mehr Bücher Penny durchsah, desto öfter fielen ihr die Heiligenbilder auf. Anscheinend waren ganz schön viele von Johannas Mördern am Ende doch nicht ungestraft davongekommen, auch wenn sie die weltlichen Behörden zu täuschen vermocht hatten. Der Gott, den Miriams Großmutter verehrt hatte, war offensichtlich ein gnadenloser Richter.

Als Penny sich auf den Rückweg in ihr Zimmer machte, war es draußen bereits stockdunkel. Sie lief die Treppe hinunter, kramte den Messingschlüssel mit der altmodischen Quaste aus ihrer Handtasche – und blieb abrupt stehen. In dem schmalen Spalt unter ihrer Zimmertür war ein Lichtschein zu sehen.

Merkwürdig. Sie hatte doch gar kein Licht angeknipst, als sie mittags kurz hier gewesen war. Oder doch?

Sie schlich auf Zehenspitzen bis zur Tür, ging in die Knie – und äugte durchs Schlüsselloch.

Jakub? Wie es aussah, war der Hausmeister gerade damit beschäftigt, ihre Kommode zu durchwühlen. Was ganz bestimmt nicht zu den Aufgaben eines Zimmermädchens gehörte.

Kurz entschlossen drückte sie die Türklinke herunter und stieß die Tür auf. Jakub fuhr mit einem leisen Schrei zusammen.

Im nächsten Augenblick jedoch hatte er sich bereits wieder gefasst. Seelenruhig schob er die Lade zu, in der er eben noch bis zu den Ellenbogen verschwunden gewesen war, und schenkte Penny ein schiefes Lächeln. "Nichts für ungut", sagte er, "ich wollte nur auf Nummer sicher gehen."

"Ob ich in meiner Kommode auch gut Ordnung halte, oder was?", konterte Penny. Die Neugier dieses Mannes war wirklich schon pathologisch.

Er richtete sich zu seiner vollen Größe auf – was keinen sehr imposanten Eindruck machte. "Frau Lempra hatte viele Feinde", verkündete er. "Auch in Wien – und noch viel weiter weg. Und die sind jetzt womöglich auch hinter Fräulein Miriam her. Ich bin der Einzige im Haus, der sie beschützen kann! Ich tue nur meine Pflicht!"

"Miriam beschützen? Vor mir?", fragte Penny verständnislos.

Jakub kniff die Augen zusammen. "Wer sagt uns denn, dass Sie wirklich eine Detektivin sind? Dass Sie sich nicht bewusst an Fräulein Miriam herangemacht haben, um sie –"

Er stockte.

"Um sie was?", fragte Penny scharf. "Sie auszurauben? Sie zu ermorden?"

Der Hausmeister versteifte sich. "Man kann nie vorsichtig genug sein!", verkündete er, klang jetzt aber schon weit weniger selbstsicher in der Rolle des Helden, die er sich zugeschrieben hatte.

Penny deutete auf ihre Kommode. "Und haben Sie in meiner Unterwäsche diesbezügliche Hinweise gefunden? Dass ich eine Spionin bin oder gar eine Mörderin?"

Er verzog die Mundwinkel, rieb sich verlegen die viel zu spitze Nase. "Ich bleibe wachsam", verkündete er anstelle einer Antwort. Und dann machte er sich aus dem Staub, so schnell ihn seine kurzen Beine trugen.

14.

Sonntag, 10. Februar

Am nächsten Morgen schlüpfte Penny gleich nach dem Frühstück in ihre Winterstiefel und die warme Jacke, die sie nach Mönchswald mitgebracht hatte. Dann machte sie sich auf den Weg. Sie lief die kurze Strecke den Berg hinauf, die die Köchin ihr eben zuvor beschrieben hatte.

Irmis Großtante Leonora wohnte in einem kleinen Häuschen direkt neben dem Friedhof. Und der wiederum befand sich neben der winzigen Kirche des Ortes, die man gar nicht verfehlen konnte – laut Irmi.

Ein eisiger Wind pfiff Penny um die Ohren, und am Himmel ballten sich dunkle Wolken zusammen, die Schnee ankündigten. Bei diesem Wetter wirkte Mönchswald verlassener denn je.

Auf ihrem Weg begegnete sie keinem einzigen Menschen. Aber immerhin fand sie dank Irmis Beschreibung ohne Probleme das Haus der Großtante. Sie wollte sich ein Bild der alten Frau machen, die Armin Keyser die Geschichte von den verschwundenen Diamanten aufgetischt hatte.

Telefon besaß Leonora keines, aber die Köchin hatte Penny versichert, sie werde ohne Probleme Einlass finden, wenn sie persönlich bei der alten Hexe vorsprach. So lautete Irmis liebevolle Bezeichnung für ihre Großtante. "Leonora freut sich über jeden, der sie besucht, und dem sie die Ohren vollquatschen kann. Wenn Sie möchten, sagen Sie ruhig, dass Sie von mir kommen."

Mit dieser Empfehlung ausgestattet, drückte Penny auf den Klingelknopf neben der Eingangstür. Die Tür des kleinen Häuschens wurde keine drei Sekunden später geöffnet – und heraus lugte eine alte Frau.

Penny stutzte. Die Bezeichnung *alte Frau* war schon passend, aber die Dame, die ihr geöffnet hatte, war ganz bestimmt keine neunzig Jahre alt. Eher um die siebzig. "Sie wünschen?", fragte sie nicht unfreundlich.

Penny nannte ihren Namen, bezog sich auf die Köchin des Grandhotels und fragte dann, ob Irmis Großtante Leonora zu sprechen sei.

Wie sich herausstellte, hieß die Frau an der Tür Erika und war die Schwiegertochter der alten Dame. "Leonora ist krank", verkündete sie. "Deswegen bin ich hier, ich kümmere mich um sie. Sie hat sich gestern Abend wohl den Magen verrenkt, ganz schön übel. Na, ich erspare Ihnen lieber die Details, aber ich fürchte, Sie müssen ein andermal wiederkommen."

Eine plötzliche Erkrankung? Sofort war Pennys Misstrauen geweckt. Leonora war vielleicht nichts weiter als die alte Klatschbase, als die ihre Großnichte sie beschrieben hatte – aber womöglich war sie auch eine wichtige Zeugin in einem Mordfall. Und damit am Ende selbst in Gefahr, weil sie zu viel wusste?

Doch die Schwiegertochter schien nicht sonderlich um die alte Dame besorgt zu sein. "Sie wird schon wieder", sagte sie. "Sie ist verdammt zäh."

Sie musterte Penny einen Augenblick schweigend, dann

fragte sie: "Worum geht es denn überhaupt? Warum wollten Sie Leonora sprechen?"

Penny zögerte einen Augenblick, kam dann aber zu dem Schluss, dass Erika wohl momentan ihre beste Chance auf weitere Informationen war. "Es geht um Armin Keyser, er ist auch ein Hotelgast. Er sprach kürzlich mit ihrer Schwiegermutter über ... na ja, die Vergangenheit."

Erika wirkte beinahe enttäuscht. "Ach ja, der war hier, wegen dieser alten Sache aus dem Krieg, über die Leonora neuerdings so eifrig tratscht. Sie liebt es, sich als Zeitzeugin aufzuspielen, wissen Sie. Insbesondere, seit es mit ihrem Gedächtnis bergab geht. Sie hat ihr ganzes Leben hier im Ort verbracht, können Sie sich das vorstellen? Sie muss umkommen vor Langeweile, deswegen erzählt sie diese Geschichten – das sage ich immer zu meinem Hans. Aber Leonora ist halt seine Mutter, er liebt sie ... und er muss sich das Zeug ja nicht anhören, das sie so von sich gibt. Er ist die meiste Zeit bei der Arbeit, mein Hans, während ich mich um den Haushalt kümmere. Na, und um seine Mama eben. Also, wenn Sie meine Meinung hören wollen: Geben Sie nichts auf Leonoras Geschichten."

"Aber Herr Keyser war daran interessiert, was Ihre Schwiegermutter zu erzählen hatte, nehme ich an?", fragte Penny. Sie trat von einem Bein aufs andere. Langsam wurde es ganz schön kalt hier draußen, trotz der dicken Jacke.

Erika reagierte prompt. "Na sowas, wo bleiben denn meine Manieren? Lasse Sie hier erfrieren! Kommen Sie doch herein und wärmen Sie sich etwas auf."

Das ließ Penny sich nicht zweimal sagen. Sie wurde in ein geräumiges Zimmer geführt, das sowohl Küche wie auch

Wohnraum zu sein schien. Die Decke hing tief herab, und die Sitzecke, in der Erika sie Platz nehmen ließ, war abgewetzt und ein wenig fleckig.

Dann jedoch zauberte Leonoras Schwiegertochter wie aus dem Nichts eine herrliche Tasse heiße Schokolade hervor, die sie auch noch mit frischem Schlagobers verfeinerte. Genau das Richtige an einem frostigen Wintertag.

"Ja, also, was Herrn Keyser anbelangt", nahm Erika das Gespräch wieder auf, nachdem sie sich gegenüber von Penny niedergelassen hatte. "Er wirkte in der Tat sehr interessiert. Erstaunlich, nicht wahr? Er verhielt sich so, als gäbe er was auf Leonoras Hetzreden. Hat ihr stundenlang zugehört, keine Ahnung wo er die Geduld hernahm. Und er ist ein so gutaussehender Mann, finden Sie nicht?"

"Ja, hm", sagte Penny. "Wie haben die beiden sich denn kennengelernt? Armin und Ihre Schwiegermutter?"

"Ich habe keine Ahnung, er tauchte einfach hier auf. An dem Nachmittag war ich zufällig auch hier. Ich gehe einkaufen für Leonora, wissen Sie. Und räume hier ein bisschen auf. Das schafft sie einfach nicht mehr."

Penny sah sie erwartungsvoll an, also sprach sie weiter. "Herr Keyser sagte, er habe in den Gemeindearchiven recherchiert. Für sein neues Buch. Er ist ein berühmter Autor, nicht wahr? Und er schien gut informiert zu sein, über die Geschichte von Mönchswald. Keine Ahnung, wer etwas über ein Kaff wie das unsrige lesen will. Na, wie auch immer, anscheinend hat ihm jemand Leonora als mögliche Quelle empfohlen. Ich glaub, so hat er es ausgedrückt. Er stellte ihr jede Menge Fragen, stundenlang. Und das gefiel ihr, Sie können es sich gar nicht vorstellen. Sie redete und redete und redete."

"Und worüber haben die beiden konkret gesprochen?", fragte Penny.

Erika legte den Kopf schief und musterte sie. "Sind Sie auch Autorin?", fragte sie, plötzlich misstrauisch.

"Nein", sagte Penny rasch. "Nur eine Freundin von Miriam. Aber ich bin, äh, historisch auch sehr interessiert, wissen Sie. Und Irmi hat mir die Geschichte von dem jüdischen Ehepaar bereits erzählt, falls es darum ging ..."

"Ach so. Ja, genau. Na, es ist ja kein Geheimnis, denke ich. Leonora erzählt es sowieso jedem, der es wissen will. Und allen anderen auch. Wobei sie die Geschichte jedes Mal ein bisschen mehr ausschmückt, kommt mir vor. Herrn Keyser hat sie eine richtige Gruselstory aufgetischt. Sie hat behauptet, dass der alte Matthias damals im Zweiten Weltkrieg dieses jüdische Ehepaar gar nicht an die Nazis ausgeliefert hat. Sondern dass er sie selbst umgebracht hat, alle beide, um sich ihre Diamanten anzueignen. Er soll sie nachts ermordet und dann im Wald verscharrt haben. Leonora will am nächsten Morgen beim Putzen schlecht gereinigte Blutspuren gefunden haben, und darauf sprach sie ihn natürlich an. Angeblich war sie zu der Zeit sogar seine Geliebte – und deswegen hat er ihr dann alles gestanden. Was völliger Humbug ist, wenn Sie mich fragen."

"Hat Ihre Schwiegermutter diese Diamanten denn einmal selbst zu Gesicht bekommen?", fragte Penny.

"Das nicht."

"Und sie hat erst in jüngerer Zeit damit begonnen, diese Geschichte zu verbreiten? Habe ich das richtig verstanden?"

Erika nickte. "Ich hab sie mal darauf angesprochen,

warum sie denn ausgerechnet jetzt damit rausrückt, ein halbes Jahrhundert danach. Ich sag Ihnen, es liegt daran, dass sie senil wird und sich wichtigmachen will. Aber sie meinte, sie habe Johanna nicht schaden wollen. Dem Ruf des Hotels. Zu Herrn Keyser hat sie allerdings gesagt, man müsse doch jetzt im 21. Jahrhundert endlich offen über die Vergangenheit sprechen können. Sie meinte, es wäre ja bei weitem nicht alles schlecht gewesen, damals bei den Nazis. Können Sie sich das vorstellen? Ich wäre am liebsten im Erdboden versunken!"

Nachdem Penny sich bei Erika bedankt und Leonora gute Besserung ausgerichtet hatte, machte sie sich auf den Heimweg.

Der Himmel sah etwas freundlicher aus, die Wolken hatten sich zerstreut, und der Wind fühlte sich auch nicht mehr ganz so eisig an.

Pennys Kopf war voller Fragen, sie hätte noch nicht einmal sagen können, ob sie in dem Gespräch mit Erika etwas Wichtiges erfahren hatte. Etwas, das sie in der Mordsache Johanna Lempra weiterbringen würde.

Als sie die alte Friedhofsmauer passierte, die an vielen Stellen zerbröckelt und mit Efeu überwuchert war, entdeckte sie auf der gegenüberliegenden Straßenseite eine vertraute Gestalt. Wilhelm Lindner kletterte gerade aus seinem Auto – im Arm einen riesigen Strauß dunkelroter Rosen.

Er schien Penny nicht zu bemerken, sondern steuerte geradewegs auf den Friedhof zu. Er ging durch das schmiedeeiserne Tor, das noch bemerkenswert gut in Schuss war, jedenfalls im Vergleich zur Einfriedung oder auch den Gräbern, die größtenteils verwildert waren.

Penny hatte eigentlich auf direktem Weg ins Hotel zurückkehren wollen, aber jetzt war doch ihre Neugier geweckt. Wen besuchte Wilhelm Lindner hier auf dem Friedhof? Mit einem Blumenstrauß, der einer Goldenen Hochzeit angemessen wäre?

Sie suchte Deckung bei einem halb verfallenen Haus, das gleich rechts vom Haupteingang des Friedhofs lag. Ein altes Pfarrhaus? Oder früher einmal der Wohnsitz des Friedhofwärters?

Bestimmt hätte es ein fantastisches Fotomotiv für Armin abgegeben, es sah aus, als wäre es Grimms Märchen entsprungen. Ein richtiges altes Knusperhäuschen am Waldrand, einsam und unwiderruflich dem Verfall preisgegeben. Und gleich daneben die Gräber, die ebenso verlassen und vergessen schienen.

Die Tür des alten Gemäuers hing in den Angeln, als könne sie jeden Moment herausfallen. Die unteren Fenster waren mit Holzbrettern zugenagelt, jene im Obergeschoss fehlten zur Gänze. Bestimmt war dieses Haus ein beliebter nächtlicher Treffpunkt bei den Jugendlichen der Gegend. Wenn es so etwas wie Jugendliche in Mönchswald überhaupt noch gab.

Penny musste plötzlich an ihre eigene Schulzeit zurückdenken. Unweit des Eliteinternats, in das ihre Mutter sie für einige Jahre abgeschoben hatte, lag ein alter, lange verlassener Friedhof. Wie viele Nächte hatte sie sich nachts aus ihrem Zimmer gestohlen, um dort heimlich mit Jungs aus höheren Klassen zu rauchen ... oder später auch zu knutschen.

Das Düstere und Geheimnisvolle hatte sie schon immer magisch angezogen. Und das Verbotene sowieso. Das hatte sie sich nicht ausgesucht, so war sie geboren. "Warum kann ich nicht ein ganz normales Mädchen zur Tochter haben?", hatte ihre Mutter nur allzu oft lamentiert.

Und hier war sie nun, von Frederike Küfer endgültig verstoßen und enterbt, in ihrem zweiten Mordfall – noch während ihrer Ausbildungszeit an der Detektivakademie.

Ich liebe mein Leben, dachte sie – dann beeilte sie sich, Wilhelm unauffällig zu folgen.

Er steuerte geradewegs auf ein Grab zu, über dem ein Marmorengel schwebte, kniete dort nieder und platzierte den üppigen Rosenstrauß zu Füßen der Statue. Dann küsste er seine Fingerspitzen und drückte sie zärtlich auf die steinerne Grabplatte.

Er blieb lange, unbeweglich, den Kopf auf die Brust gesenkt, und schien mit dem Verstorbenen innige Zwiesprache zu halten.

Als er sich schließlich erhob, duckte Penny sich hinter den nächstgelegenen Grabstein. Er ging, ohne sich noch einmal umzudrehen. In seiner Hand trug er einen Rosenstrauß, der ebenso groß wie derjenige war, den er vorhin mitgebracht hatte. Nur, dass dieser hier verwelkt war, und Wilhelm ihn in der Mülltonne nahe dem Ausgang entsorgte. Anscheinend war es nicht sein erster Besuch an diesem Grab gewesen.

Als er längst fort war, verließ Penny ihr Versteck und lief zu dem Engel hinüber, zu dessen Füßen er gekniet hatte.

Am Grabstein unter dem Himmelswesen waren mehrere Namen eingraviert. Der letzte, ganz unten, in frischen Goldbuchstaben gesetzt, lautete: *Johanna Lempra*.

15.

Nachdem Penny ins Hotel zurückgekehrt war, beschloss sie, ihren Aufenthalt in Mönchswald zu verlängern. Obwohl morgen Montag war, und sie den Unterricht an der Argus Akademie würde schwänzen müssen.

Sie hatte seit dem Beginn der Ausbildung noch keinen Tag gefehlt, da mussten ein paar Tage Krankenstand einfach drin sein. Hier, an diesem sogenannten Lost Place, ging etwas Seltsames vor. Sie witterte Gefahr, auch wenn sie nicht hätte sagen können, für wen und aus welchem Grund.

Aber hatte nicht selbst eine so erfahrene Detektivin wie Johanna Lempra sich oftmals auf ihr Gespür verlassen? So vage es auch sein mochte? Und im Kurs stand nächste Woche sowieso nur Langweiliges auf dem Programm. Der dritte Teil der Rechtskunde, und schon die Module eins und zwei hatten sie beinahe ins Koma versetzt. Wie es aussah, war absolut alles, was Spaß machte, einem österreichischen Berufsdetektiv verboten.

Nach einem schnellen Abendessen im Hotelrestaurant vergrub Penny sich erneut in Johanna Lempras Archiv.

Als sie es sich auf dem geblümten Samtsofa bequem machte und damit begann, sich weitere Tagebücher der alten Dame vorzunehmen, überkam sie das schlechte Gewissen. Was tat sie hier eigentlich? Diente das wirklich dem Fall? Brachte es sie bei ihren Mordermittlungen weiter? Oder war das Studium dieser Bücher nichts weiter als ein

Schwelgen in überaus faszinierender Lektüre? *Krimispaß im Grandhotel.*

Penny schob den Gedanken beiseite. *Du bist nur gründlich,* sagte sie sich. Vielleicht würde sie in diesen Büchern ja doch noch den entscheidenden Hinweis finden. Schon ganz bald. Man konnte nie wissen.

Sie war schon immer eine wahre Meisterin in der Kunst gewesen, sich Dinge schön zu reden. Dinge, die sie tun wollte, ganz egal, wie unnötig oder gar verwerflich sie auch sein mochten.

Zunächst einmal fand sie in den alten Tagebüchern nichts, das ihren stundenlangen Aufenthalt im Archiv gerechtfertigt hätte. Nur Seite um Seite in Johanna Lempras Bilderbuchschrift. Giftmorde, Morde, die als Unfälle getarnt wurden oder als seltsame Krankheiten, Rachemorde, Morde aus Eifersucht und aus Geldgier … und sehr viele Andachtsbilder, die Johanna immer dann zwischen die Seiten geklebt hatte, wenn ein Mörder selbst zu Tode gekommen war. Sei es durch einen Unfall, eine Krankheit … oder durch Umstände, die unklar blieben.

Wirklich sehr viele Andachtsbilder, ging es Penny irgendwann durch den Kopf. Und von den übrigen Mördern, jenen, die nicht das Zeitliche segneten, waren auffallend viele weggezogen – oder einfach verschwunden.

Wurde sie auch schon paranoid, oder gab es unter diesen Verbrechern tatsächlich mehr Todesfälle zu verbuchen, als statistisch anzunehmen gewesen wäre? Und auch viel zu viele Ortswechsel, Umzüge oder Ähnliches? Wobei Letzteres ja noch irgendwie zu erklären war, wenn es sich bei diesen Menschen tatsächlich um Mörder handelte. Dass der eine oder andere von ihnen nicht länger am Ort seines Verbrechens leben wollte, war ja nur allzu verständlich.

Johanna selbst war das anscheinend nicht merkwürdig vorgekommen. Nirgendwo hatte Miriams Großmutter auch nur ein Wort darüber verloren, dass ihr die Sterberate unter ihren Mördern außergewöhnlich hoch erschien. Zumindest entdeckte Penny keine solche Anmerkung. Was daran liegen mochte, dass stets genügend neue Fälle nachgerückt waren, um die Aufmerksamkeit der leidenschaftlichen Amateurdetektivin zu beanspruchen.

Hatte Johanna, deren ganzes Interesse gewaltsamen Todesfällen galt, am Ende einfach kein Gefühl mehr dafür gehabt, wie hoch die natürliche Sterbewahrscheinlichkeit in einem Land wie Österreich lag? Oder gab es eine andere Erklärung ... eine weitaus weniger harmlose?

Beim Studium der Tagebücher entdeckte Penny noch eine zweite Sache, die ihr merkwürdig erschien. Neben einige Passagen, in denen es um Miriam ging, hatte Johanna mit der Füllfeder ein winziges Symbol gezeichnet.

Es bestand aus drei Strichen, einem dickeren und größeren ganz links und zwei kleineren rechts daneben. Es erinnerte an eine Flamme. Penny schaltete ihr Smartphone ein und knipste ein Foto.

Wofür stand dieses Symbol? War es bloß eine Laune der alten Dame. Eine Dekoration vielleicht?

Unwahrscheinlich, denn ansonsten gab es keinerlei Kritzeleien, keine handgemalten Skizzen oder Ähnliches in Johannas Tagebüchern. Das Flammensymbol tauchte außerdem nur dann auf, wenn es auf der entsprechenden Seite gerade um Miriam ging. Und inhaltlich hatten die Passagen rein gar nichts mit Feuer oder Flammen zu tun. *Sehr seltsam.*

Das älteste Symbol entdeckte Penny in einem Buch, das knapp acht Jahre alt war. Davor gab es keine Flammen, egal wie viele Bücher sie auch durchforstete. In den Tagebüchern der letzten Jahre fand Penny insgesamt zwölf der kleinen Symbole. Was hatte es damit auf sich?

Ein markerschütternder Schrei riss Penny aus dem Schlaf.

Sie fuhr hoch, wusste erst nicht, wo sie war – doch dann sah sie das Tagebuch, das ihr eben vom Schoß gerutscht war. Sie blickte sich um, rieb sich die Augen: Johanna Lempras Archiv. Sie war auf dem bequemen Samtsofa eingenickt.

Aber der Schrei? Den hatte sie doch bestimmt nicht geträumt? Er war von draußen gekommen, zumindest kam es Penny so vor. Johannas Archiv hatte keine Balkone, nur gewöhnliche Fenster – aber die waren alt, verzogen und undicht. Gut möglich also, dass sie etwas von draußen gehört hatte. Den Klagelaut eines verletzten Tiers? Oder was immer man sonst noch so Unheimliches zu hören bekam, in einer Winternacht in den Voralpen.

Schlaftrunken trabte sie zum Fenster hinüber, öffnete es und blickte hinaus. Unter ihr lag der Parkplatz des Grandhotels, der von einer dünnen Schneeschicht bedeckt war. Nur wenige Fahrzeuge waren hier abgestellt, darunter ihr eigenes schwarzes Kätzchen.

Die eiskalte Luft, die ihr entgegenschlug, brachte ihre Augen zum Tränen. *Schnell das Fenster wieder schließen*! Da draußen war es vollkommen ruhig, bestimmt hatte sie den Schrei doch nur geträumt.

In diesem Moment sah sie es – und war mit einem Mal hell wach. Unter einem der Balkone des linken Seitenflügels lag etwas im Schnee. Eine gut zehn Meter lange Metallröhre, wie es aussah, und halb darunter begraben etwas, das Penny viel deutlicher erkennen konnte. Eine menschliche Gestalt. Reglos, als hielte sie ein Schläfchen auf dem gefrorenen Boden.

Penny schloss rasch das Fenster, lief zur Tür und stürmte die Treppe hinunter. Im Foyer angekommen, bog sie in den Gang ab, der zum Hintereingang führte. Zum Parkplatz. Dann war sie draußen im Freien – und japste in der Eiseskälte beinahe auf.

Aber für Bequemlichkeiten wie eine warme Jacke war jetzt keine Zeit. Keine zwanzig Meter vor ihr lag die menschliche Gestalt, auf dem Bauch, noch immer unbeweglich.

Penny wusste, dass diese Person tot war, so verrenkt wie sie da lag. Es war eine Frau, denn sie hatte langes weißes Haar, das sich wie ein Fächer rund um ihren Kopf ausgebreitet hatte und sich kaum vom Schnee abhob. Die Metallröhre, unter der sie begraben lag, war eine Regenrinne, die nur noch an ihrem untersten Ende an der Hotelfassade verankert war. Auch das erkannte Penny jetzt.

Sie kniete neben der Frau nieder. Wer war sie? Langes, weißes Haar? Hatte nicht Miriam erwähnt, dass ihre Großmutter –

Aber nein, das konnte nicht sein. Johanna Lempra war tot,

und das schon seit zwei Wochen.

Behutsam berührte sie die Frau an der Schulter, tastete sich zum Hals hoch und suche nach einem Puls.

Nichts. Wie sie es befürchtet hatte.

Mit der anderen Hand strich sie ein paar Haarsträhnen beiseite, gerade genug, um das Gesicht zu erkennen, das halb im Schnee begraben lag.

Die Haut der Frau wirkte runzelig wie bei einem sehr alten Menschen – allerdings nur auf den ersten Blick. Auf den zweiten stimmte etwas nicht. Als Penny die braunrosa Farbe an ihren eigenen Fingerspitzen entdeckte, mit denen sie eben den Hals der Toten befühlt hatte, wurde ihr klar, was es war: Makeup. Die Falten waren lediglich aufgeschminkt. Eine Illusion. *Was zum Teufel*?

Unter der Wange der Frau lag eine Brille mit Goldrand, vollkommen verbeult und zersplittert. Penny beugte sich tiefer über die Tote, studierte ihr Gesicht – und mit einem Mal erkannte sie, wen sie vor sich hatte.

Irmi, die Köchin. Die weder eine Brillenträgerin war, noch langes weißes Haar hatte. Und schon gar keine faltige Haut. Aber offensichtlich war sie nicht nur geschickt mit dem Kochlöffel gewesen, sondern auch mit dem Makeup-Pinsel.

Vorsichtig zog Penny an einer Haarsträhne – und plötzlich schien der ganze Kopf in Bewegung zu kommen. Aber auch das war eine Täuschung. Ein weiterer kleiner Ruck, und sie hatte die gesamte Haarpracht in der Hand. Oder besser gesagt: die Perücke, die Irmi getragen hatte.

Künstliches weißes Haar, das ihr bis auf die Hüften gefallen sein musste, dazu eine goldumrandete Brille. Und aufgeschminkte Falten.

Auf einen Schlag wurden Penny zwei Dinge klar:

Erstens, Irmi hatte sich als Johanna Lempra verkleidet.

Und zweitens, sie war in dieser Rolle zu Tode gekommen.

Sie musste abgestürzt sein, vom Balkon, der über ihnen lag. Wie es aussah, hatte sie versucht, an der Regenrinne herunterzuklettern – die dieser Belastung nicht gewachsen war.

Der Kegel einer Taschenlampe huschte plötzlich über den Schnee. Schritte knirschten. Jemand kam rasch näher. Dann rief eine Männerstimme: "Wer ist da?"

Penny musste sich nicht umdrehen, um zu wissen, wer da herbeigelaufen kam. Die schnarrende Stimme gehörte Jakub, dem Hausmeister.

"Ich bin es nur", sagte sie und stand auf, die Perücke noch immer in Händen. "Wir müssen die Polizei rufen."

16.

Montag, 11. Februar

Es war schon lange nach Mitternacht, als Penny einem gewissen Inspektor Fleischer von der Polizeidienststelle in Aspern gegenübersaß und kurz davor stand, die Beherrschung zu verlieren.

Das Gespräch fand im Restaurant des Hotels statt, das um diese Zeit längst geschlossen war. Dennoch hatten sich die gesamten Hausbewohner hier versammelt.

Hinter der Bar machte Miriam sich an der Kaffeemaschine zu schaffen, während Wilhelm, Jakub und Armin wie gelähmt herumsaßen und sich Hände und Seelen an dampfenden Bechern wärmten. Der Schock von Irmis jähem Tod saß allen in den Knochen, und vermutlich spukte ihnen der Anblick der Leiche noch im Kopf herum – auch wenn sie längst abtransportiert worden war.

Inspektor Fleischer hingegen sah drein, als könne er es kaum erwarten, in sein warmes Bett zurückzukehren. Für ihn war der Fall klar, ganz egal welche Argumente ihm Penny auch lieferte. Seiner Ansicht nach hatte Irmi einen tragischen Unfall erlitten. Kein Hinweis auf Fremdverschulden. Somit kein Fall für die Kriminalpolizei. Ende der Untersuchung.

"Baufälliger alter Kasten, dieses Hotel", brummte er. "Da muss man schon verrückt sein, wenn man an einer

Regenrinne runterklettern will."

"Sie kletterte nicht freiwillig hinunter", sagte Penny, bestimmt schon zum vierten Mal. "Sie war auf der Flucht! Vor Johanna Lempras Mörder! Sie sollten diese Möglichkeit wenigstens in Erwägung ziehen. Sich diesen Todesfall näher ansehen, Ihre Kollegen von der Kriminalpolizei einschalten!" Sie hatte das dringende Bedürfnis, mit der Faust auf die Tischplatte zu schlagen, um diese Schlafmütze von Polizeibeamten ein wenig wachzurütteln. Aber sie beherrschte sich. *Professionell bleiben. Die Ruhe bewahren.*

Sich wie eine Lady benehmen, hätte ihre Mutter hinzugefügt. Verdammt noch mal, das war leichter gesagt als getan, bei diesem Inspektor.

Ohne, dass sie es verhindern konnte, wanderten ihre Gedanken zurück zu Jürgen Moser– jenem Polizeibeamten, mit dem sie in ihrem ersten Mordfall zusammengearbeitet hatte. Jürgen war nicht nur optisch ein ziemlich süßer Typ gewesen, er hatte auch Fantasie und Ehrgeiz besessen und war nicht sklavisch am Buchstaben des Gesetzes geklebt. Er hatte Penny zumindest Gehör geschenkt, so verrückt ihre Theorien auch für ihn geklungen haben mochten.

Inspektor Fleischer hingegen besaß weder Charme noch Fantasie und war in etwa so süß wie eine verschrumpelte Zitrone. Ein unkreativer Langeweiler, der Dienst nach Vorschrift machte – und Penny gerade anguckte, als wäre sie eine Außerirdische.

Er hatte ein paar kurze Gespräche mit den Hausbewohnern geführt und war dann zu folgendem Urteil gekommen: Irmi hatte mit dem tragischen Tod ihrer Arbeitgeberin und langjährigen Freundin nicht umgehen können und sich deswegen in die Wahnvorstellung hineingesteigert, dass diese ermordet worden war. Wie Johanna Lempra zuvor hatte sie begonnen, sich als Amateurdetektivin aufzuspielen, um den vermeintlichen Mörder zur Strecke zu bringen.

Dabei war sie sogar so weit gegangen, sich als ihre ehemalige Chefin zu verkleiden. Sie war in mehreren Nächten in die Zimmer der Hausbewohner eingedrungen, um diesen vorzugaukeln, dass die alte Meisterschnüfflerin noch lebte. Damit wollte sie Johannas Mörder – der laut Inspektor Fleischer nur in ihrer Fantasie existierte – aus der Reserve locken.

Sportlich wie Irmi war, kletterte sie bei ihren nächtlichen Auftritten über Balkongitter und Regenrinnen an der Hotelfassade. Und heute Nacht war ihr eine solche Kletteraktion zum Verhängnis geworden. Die Regenrinne, an der sie hinabklettern wollte, war aus der Verankerung gerissen, und die Köchin war in den Tod gestürzt. Punkt. Ende. Fall abgeschlossen.

"Ich bin ja völlig Ihrer Meinung, dass Irmi sich als Johanna ausgab", sagte Penny zum Inspektor. "Sie hat sogar mir weismachen wollen, Johanna hätte ihren Tod nur vorgetäuscht und ermittle jetzt gegen ihren eigenen Mörder. Aber erklären Sie mir doch bitte, warum sie im leerstehenden Teil des Hotels herumspuken sollte? Da, wo sie abgestürzt ist, liegt weit und breit kein bewohntes Zimmer. Sie konnte doch kaum erwarten, dass sie dort jemand sah."

"Sie war nicht ganz richtig im Kopf, haben Sie das noch immer nicht begriffen? Ich habe keine Ahnung, was sie vorhatte." Die Geduld des Polizisten näherte sich eindeutig dem Ende.

"Es gibt doch nur zwei vernünftige Erklärungen für Irmis Kletteraktion an dieser Regenrinne", sagte Penny rasch. "Erstens: Sie lockte Johannas mutmaßlichen Mörder in den verlassenen Seitenflügel. Vielleicht hat sie ihm eine Falle gestellt. Oder zweitens: Sie war auf der Flucht vor ihm. Vermutlich beides. In der Reihenfolge. Sie wollte ihm eine Falle stellen, aber etwas ging schief, und dann versuchte sie, sich über den Balkon zu retten. Wobei sie abstürzte. Oder gestoßen wurde. Die Regenrinne könnte auch nachträglich aus der Verankerung gerissen worden sein. Um es wie einen Unfall aussehen zu lassen. Das sollte zumindest untersucht werden!"

"Das nennen Sie eine vernünftige Erklärung?", schnaubte der Polizist.

Er lehnte sich zurück und verzog die Mundwinkel zu etwas, das wohl ein mitfühlendes Lächeln sein sollte. "Hören Sie, Frau Küfer, ich mochte Irmi. Ehrlich. Ihre Schnitzel waren ein Gedicht. Genau wie ihr Topfenstrudel. Aber sie war kein bisschen vernünftig. Sie hatte immer schon alle möglichen Flausen im Kopf, fast so schlimm wie Frau Lempra zu ihren Lebzeiten. Und jetzt hat sie sich als ihre tote Chefin verkleidet und spukte nachts herum! Nennen Sie das vernünftig, um Himmels willen?"

Penny erwiderte nichts.

"Und wie ich Ihnen schon wiederholt sagte: Niemand hat Irmi gestoßen. Auf dem Balkon oben, da waren nur ihre eigenen Fußspuren im Schnee. Verstehen Sie das nicht? Kein Mörder weit und breit. Sie war ganz allein."

"Okay. Aber sie war trotzdem auf der Flucht. Warum hätte sie denn sonst in dem verlassenen Seitenflügel vom Balkon klettern sollen? Warum nicht die Treppe nehmen? Wenn sie einen gewissen Vorsprung vor dem Mörder hatte, so erreichte der vielleicht gerade erst den Balkon, als Irmi abstürzte. Er blieb stehen, anstatt ihr hinterher zu laufen. Daher keine Spur von ihm im Schnee. Abgesehen davon, sind diese Balkone so schmal, dass er in der Tür gestanden haben könnte und sie von dort aus stieß. Er muss gar nicht in den Schnee hinausgetreten sein, wenn er ein wenig Kraft hat. Auch das müsste man näher untersuchen!"

"Tut mir leid, Frau Küfer. Ich muss jetzt los. Es ist spät, wir sollten alle längst im Bett sein. Und wenn ich Ihnen einen Rat geben darf: Hören Sie auf, überall gleich ein Verbrechen zu wittern, nur weil sie gern Detektivin spielen möchten."

Jürgen Moser hätte so etwas niemals zu ihr gesagt.

17.

Keiner der Hausbewohner hatte das Bedürfnis, sich schlafen zu legen, auch wenn draußen schon bald der Morgen dämmern würde. Nachdem der Inspektor das Hotel verlassen hatte, kamen sie in jenem Raum im zweiten Stock zusammen, der eigentlich Johanna Lempras Wohnzimmer war. Der kleine Salon hatte immer schon als eine Art Gemeinschaftsraum gedient.

Wilhelm kniete vor dem offenen Kamin und schürte das Feuer. Es wäre ein überaus gemütlicher Raum gewesen, wenn nicht der Tod und die Angst ihnen hierher gefolgt wären.

Penny nippte an einem starken Kaffee, während Miriam mit einem Schnapsglas in der Hand ganz nahe bei Armin stand.

"Was denkt ihr?", fragte Penny in die Runde. "War Irmis Tod ein Unfall? Ich würde gern eure Meinungen hören."

Sie war neugierig auf die Reaktionen. Einer dieser Menschen war für den Tod der Köchin verantwortlich, dessen war sie sich sicher. Er mochte sie nicht gestoßen haben, aber er hatte sie in den Tod getrieben. Weil er sie für Johanna gehalten hatte. Irmi war die eigene List zum Verhängnis geworden.

Jakub war der Erste, der das Wort ergriff. "Sie wurde ermordet! Sie hat etwas herausgefunden, und der Mörder brachte sie zum Schweigen."

Armin stöhnte auf. "Leute, bitte, seid doch vernünftig. Dieser Inspektor hatte recht: Ihr müsst aufhören, überall Verbrechen zu sehen. So etwas treibt einen in den Wahnsinn. Dafür ist Irmi doch das beste Beispiel! Sich als Johanna zu verkleiden und im Hotel herumzuspuken – wie durchgeknallt ist das denn, bitte schön? Sie hat Miriam eine Heidenangst damit eingejagt, nicht wahr?"

Miriam nickte zögerlich.

"Sind Sie sicher, dass es Mord war, Frau Küfer?", fragte Wilhelm, ruhig, gemessen, mit einem Seitenblick auf Miriam.

Penny dachte einen Augenblick nach – und fasste dann blitzschnell einen Plan. Es war eine vollkommen verrückte Idee. Und gefährlich obendrein. Aber so wie die Dinge jetzt standen, vermutlich ihre einzige Chance.

"Ich bin mir sicher", sagte sie zu Wilhelm. "Irmi war nicht allein, als sie starb. Es mag juristisch gesehen kein Mord sein, wenn sie auf der Flucht abgestürzt ist, bei dieser waghalsigen Kletteraktion, aber Schuld hat derjenige, der sie dazu trieb, allemal."

Doch dann wandte sie sich Armin zu. "Irmi war aber nicht diejenige, die im Hotel herumspukte. Das heißt, zumindest nicht ausschließlich."

"Wie bitte?", fragte der Lost Places Forscher. "Was soll das denn heißen? Irmi war als Johanna verkleidet, als sie starb!"

"Das ist wahr", erwiderte Penny. "Ich denke, sie hat heute Nacht versucht, den Mörder mit dieser Kostümierung in die Falle zu locken."

"Oh Mann", brauste Armin auf. "Ich habe keine Lust mehr, mir diesen Quatsch anzuhören. Du liest eindeutig zu viele

Krimis!"

Er stellte sein Glas auf dem Kaminsims ab und wollte den Raum verlassen. Doch Penny trat ihm in den Weg. "Ich sagte: *heute Nacht*. Nicht notwendigerweise bei *jeder* Gelegenheit, bei der Johanna im Hotel gesehen wurde. Das war nicht immer Irmi. Ich denke, dass sie bloß eine Helferin war. Eine Verbündete."

"Eine was?" Armin und Jakub stellten die Frage fast zeitgleich. Selbst Wilhelm, der bis jetzt unauffällig im Hintergrund geblieben war, zog erstaunt beide Augenbrauen hoch.

"Ich war die Erste bei Irmi, nachdem sie abgestürzt ist, das wisst ihr doch", wandte sich Penny an alle zusammen. "Ich fand sie. Und ich habe etwas gesehen. Oder besser gesagt, *jemanden*."

Sie blickte Miriam an. "Ich habe deine Großmutter zu Lebzeiten nicht gekannt, aber hier im Haus hängen ja genügend Fotos von ihr."

"Ja ... und?", fragte Miriam entgeistert.

"Sie war da. Lebendig. Am Tatort. Sie stand am Waldrand, hinter dem Hotel. Sie sah mich an, dann verschwand sie zwischen den Bäumen. Ich bin mir sicher, dass sie es war. Johanna."

Die Worte hatten ihre Wirkung nicht verfehlt. Erst gab es Rufe des Erstaunens und ungläubige Blicke, dann wurde Penny mit Fragen bombardiert – aber sie blieb bei ihrer Geschichte: Johanna Lempra lebte. Die mit allen Wassern gewaschene Meisterdetektivin hatte ein fantastisches

Komplott mit dem Gemeindearzt und dem Bestatter ausgeheckt und alle anderen an der Nase herumgeführt. Insbesondere den Mörder. Und sie würde bestimmt nicht ruhen, bis sie ihn zur Strecke brachte. Erst recht nicht jetzt, wo er auch Irmi auf dem Gewissen hatte.

Das unbehagliche Schweigen, das sich daraufhin im Kaminzimmer ausbreitete, nutzte Penny, um die Alibis der Anwesenden abzuklären. "Würdet ihr mir bitte sagen, wo ihr jeweils wart, zu dem Zeitpunkt, als Irmi starb?", fragte sie in die Runde.

Niemand antwortete.

Dann räusperte sich Jakub und krächzte: "In meinem Zimmer. Ich hatte schon geschlafen. Aber dann habe ich den Schrei gehört. Das muss gewesen sein, als Irmi –" Er zögerte. "Als sie in den Tod stürzte."

Das ist ganz bestimmt gelogen, sagte sich Penny. *Von wegen schon geschlafen*. Der Hausmeister schnüffelte stets irgendwo im Haus herum und das bevorzugt mitten in der Nacht. Sie war sich nicht einmal sicher, ob dieser Mann überhaupt je schlief.

"Ich war ganz in der Nähe, wenn ihr es unbedingt wissen wollt" sagte Armin in herablassendem Tonfall. "Ich habe die nächtliche Atmosphäre im alten Schwimmbad eingefangen. Ein paar Fotos geschossen. Dann hab ich ebenfalls den Schrei gehört, wusste aber nicht, woher er kam. Deswegen bin ich nicht gleich auf den Parkplatz hinausgelaufen."

Fotos? *So spät nachts*? Und sollte Armin nach über einem Monat Aufenthalt im Hotel nicht bereits jede Besenkammer fotografiert haben? Nutzte er die Nachtstunden, wenn vermeintlich alle schliefen, um nach den Diamanten zu suchen?

"Ich habe auch schon geschlafen", sagte Miriam. "Und nichts gehört."

Penny nickte. "Wo ist eigentlich Theo?", fragte sie dann.

"Bei sich zu Hause. Er muss heute Morgen wieder früh raus. Er schläft nur gelegentlich bei mir, das sagte ich dir doch." Sie warf Armin einen flüchtigen Seitenblick zu.

"War er gestern überhaupt hier?", fragte Penny.

"Nein", erwiderte Miriam knapp.

Hatten die beiden Streit gehabt? Waren Theos Tage als Miriams Herzbube gezählt, und würde bald schon Armin seinen Platz einnehmen?

"Und Sie, Herr Lindner?", wandte Penny sich an den älteren Mann. "Wo waren Sie?"

"Ich fürchte, ich war auch schon im Bett. Allein natürlich. Kein Alibi." Er lächelte milde.

Kurz darauf begann die Runde, sich aufzulösen. Keiner schien in der Stimmung für weitere Gespräche zu sein. Den verkniffenen Gesichtern nach zu urteilen, waren die Köpfe voller Fragen und düsterer Gedanken.

Doch Penny hielt Miriam zurück, als diese gemeinsam mit Armin das Zimmer verlassen wollte. "Kann ich dich noch kurz sprechen, bitte?", sagte sie.

Miriam nickte unschlüssig und verabschiedete sich von Armin. Was sie sehr zu bedrücken schien.

Penny wartete, bis der letzte Hausbewohner – es war Wilhelm – sein Getränk geleert hatte und sich verabschiedete. Dann kam sie ohne Umschweife zur Sache. "Da ist etwas, das ich dich fragen muss", begann sie. "Du kanntest deine

Großmutter ja von allen Menschen am besten."

"Ich kann nicht glauben, dass sie tatsächlich noch lebt", sagte Miriam prompt. "Warum hat sie mich denn nicht eingeweiht? Es ist doch grausam, mich glauben zu lassen, dass sie tot ist, wenn sie in Wahrheit –"

"Sie hat es bestimmt nur getan, um dich zu schützen", fiel Penny ihr ins Wort.

Ohne ihrer Klientin Zeit für weitere Einwürfe zu lassen, kam sie auf das Thema zu sprechen, das sie beschäftigte. "In den Tagebüchern deiner Großmutter ist mir etwas aufgefallen, zu dem ich gerne deine Meinung hören würde", begann sie – um Miriam auf die Frage vorzubereiten, die sie ihr als nächstes stellen wollte. Eine Frage, die ihr ganz bestimmt nicht gefallen würde.

"Meine Meinung?", echote Miriam. "Worüber denn?"

"Über die extrem hohe Rate an Verunfallten, früh Verstorbenen oder schlicht Verschwundenen unter den Mördern, die deine Großmutter entlarvt hat."

Miriam sah sie mit großen Augen an. "Ich verstehe nicht. Was willst du damit sagen?"

"Na ja", begann Penny vorsichtig, "könnte es nicht sein, dass deine Großmutter manchmal, sagen wir, die Gerechtigkeit in ihre eigenen Hände genommen hat? Ich stelle es mir sehr frustrierend vor, wenn sie einen Mordfall löste, ihr die Polizei dann aber keinen Glauben schenkte, und der Täter ungestraft davonkam."

Behutsamer konnte man eine solche Anschuldigung wohl kaum vorbringen, aber dennoch nahm Miriam es nicht gut auf. Ihre Miene verdüsterte sich schlagartig. "Spinnst du?", platzte sie heraus. "Du denkst, meine Oma hat Selbstjustiz betrieben, oder wie? So etwas hätte sie niemals getan! Sie hat sich nie über das Gesetz gestellt, auch wenn sie sich oft über die Polizei ärgerte. Sie war streng religiös und vertraute darauf, dass Gott die Mörder schon richten würde. Das hat sie immer wieder betont. Daran glaubte sie fest." Miriam funkelte Penny böse an. "Du irrst dich!", beharrte sie.

"Es war nur eine Frage, nichts weiter. Ich wollte lediglich deine Meinung hören. Und ich denke, dass du recht hast."

Penny musste an die Andachtsbilder denken, die Johanna in ihre Tagebücher geklebt hatte. Eine Fürsprache für die übelsten Menschen, die auf Gottes Erden wandelten, eine Bitte um Läuterung ihrer Seelen? Aber auch gleichzeitig eine Danksagung für die göttliche Gerechtigkeit, die ihnen widerfahren war, indem sie ihrerseits das Zeitliche gesegnet hatten?

Wie auch immer, an der Tatsache war nicht zu rütteln: Die Todesrate unter diesen Verbrechern war viel zu hoch. Das konnte kein Zufall sein – und auch kein religiöses Phänomen. Sondern ein sehr konkretes irdisches. "Wenn Johanna diese Mörder nicht gerichtet hat, wer dann?", wandte sie sich wieder Miriam zu.

Ihre Klientin war sichtlich nicht daran interessiert, dieses Gespräch noch länger fortzusetzen. "Ich gehe ins Bett", verkündete sie und wollte sich schon an Penny vorbeidrängen.

"Warte, Miriam, so läuft das nicht. Dir ist doch klar, dass ich dir diese Frage stellen musste, oder? Wenn wir begreifen wollen, was hier im Hotel vorgeht. Warum deine Großmutter ermordet wurde."

"Sie ist ja gar nicht tot", gab Miriam bissig zurück. "Das

hast du eben vorhin gesagt! Und du wirst ihren Mörder ganz bestimmt nicht finden, indem du ihr unterstellst, dass sie selbst Leute getötet haben soll. Auch wenn es Verbrecher waren. Du bist auf dem Holzweg. Ich will mir das nicht anhören. Gute Nacht."

"Da ist noch etwas anderes, das ich dich fragen wollte", sagte Penny sanft. Sie legte Miriam die Hand auf den Arm, während sie mit der anderen ihr Mobiltelefon aus der Tasche kramte.

Sie schaltete das Gerät ein, und drückte auf das Icon, das zu ihrem Fotoalbum führte. Dann hielt sie Miriam die Aufnahme unter die Nase, die sie vorhin in Johanna Lempras Archiv gemacht hatte. Das kleine Flammensymbol, das wiederholt in den Tagebüchern aufgetaucht war, wann immer Johanna sich ihrer Enkelin gewidmet hatte. "Kannst du damit etwas anfangen?", fragte sie Miriam. "Kennst du dieses Symbol?"

Miriam blickte nur flüchtig hin. "Hm, weiß nicht. Kommt mir irgendwie bekannt vor. Ich glaube, ich habe es kürzlich mal wo gesehen."

"Außerhalb der Tagebücher deiner Großmutter?"

"Ja ... doch. Du weißt doch, dass ich ihre Tagebücher nicht gelesen hab."

Penny sah sie erwartungsvoll an, aber mehr hatte Miriam nicht zu sagen. Sie zuckte lediglich mit den Schultern, dann brummte sie ein ziemlich unfreundliches "Gute Nacht", und verließ den Raum.

Diesmal hielt Penny sie nicht zurück.

Sie kehrte in ihr eigenes Zimmer zurück, machte es sich in dem altersschwachen Bett bequem – und lag noch lange wach.

Unbarmherzig bombardierten sie die Gedanken. All die Mordfälle, von denen sie in Johanna Lempras Tagebüchern gelesen hatte, spukten ihr durch den Kopf. Sie musste erneut an die vielen Toten und Verschwundenen denken, unter den Verbrechern, die die alte Dame entlarvt hatte. Und an die frommen Andachtsbilder, die doch so gar nicht zu einer mit allen Wassern gewaschenen Meisterdetektivin passten.

Dann drängte sich der Anblick der toten Köchin vor ihr inneres Auge. Irmi, mit Perücke und Brille verkleidet, begraben unter der Regenrinne im Schnee. Und damit nicht genug. Da war noch Christiane Wittmann, die das Hotel verlassen hatte, ohne zu bezahlen, genau an dem Tag, an dem Johanna verstorben war. Und Jakub, der Hausmeister, der ebenso auf eigene Faust herumschnüffelte, wie Irmi es getan hatte. Wilhelm Lindner, der riesige Blumensträuße zu Johannas Grab schleppte, und Theo, der ein besonders unsympathischer Zeitgenosse war. Armin, der Miriam schöne Augen machte und doch gleichzeitig Irmis Großtante Löcher in den Bauch gefragt hatte, über Diamanten, die vielleicht nur eine Legende waren. Wie eine geisterhafte Parade zogen sie alle durch Pennys Gedanken, die einfach nicht zur Ruhe kommen wollten.

Und dann war da noch die Lüge, die sie selbst in die Welt gesetzt – oder besser gesagt von Irmi übernommen und weitergesponnen hatte: dass Johanna Lempra noch lebte.

Sie war einem spontanen Impuls gefolgt, als sie vor den versammelten Hotelbewohnern diese Behauptung aufgestellt hatte. Doch jetzt, in dem seltsamen Zustand zwischen

Wachen und Schlafen, begann sich in ihrem Kopf eine Idee zu formen, wie sich diese Lüge konkret nutzen ließ. Um damit Johannas Mörder einen Schritt näher zu kommen.

Gib nur acht, dass du ihm am Ende nicht zu nahe kommst, flüsterte eine warnende innere Stimme ihr zu. *Du weißt ja, welchen Preis Irmi dafür bezahlt hat.*

18.

Am nächsten Morgen herrschte bedrückende Stille im Frühstücksraum. Wilhelm aß schweigend eine Buttersemmel, Miriam wuselte eifrig umher, jedoch ohne ihr übliches Lächeln im Gesicht, und noch nicht einmal Armin machte Anstalten, mit ihr zu flirten.

Aber wenigstens schien Miriams Zorn auf Penny verraucht zu sein. Im Gegenteil, so zuvorkommend, wie sie ihr das Frühstück servierte und Kaffee einschenkte, hatte sie wohl ein schlechtes Gewissen. "Ich war letzte Nacht ein wenig ruppig zu dir", sagte sie schließlich, als die beiden Männer den Frühstücksraum bereits verlassen hatten. Tut mir leid, Penny, du hast ja nur deinen Job gemacht."

"Schon okay", sagte Penny. "Manchmal gehört es eben dazu, unangenehme Fragen zu stellen."

Miriams Verlobter jedoch, der kurz nach Mittag unerwartet an Pennys Zimmertür klopfte, oder vielmehr mit seinen Fäusten dagegen trommelte, war alles andere als versöhnlich gestimmt.

Kaum hatte Penny ihm geöffnet, da stürmte er ins Zimmer und ließ seiner Wut freien Lauf. "Das muss aufhören!", brüllte er. "Sofort! Ich werde nicht zulassen, dass du Miriam noch völlig in den Wahnsinn treibst!"

"Darf ich dir einen Drink anbieten?", sagte Penny gelassen

– auch wenn es in dem altmodischen Hotelzimmer keine Minibar gab und sich ihre gastfreundschaftlichen Gefühle diesem Typen gegenüber stark in Grenzen hielten. Den Manieren dieses Trolls konnte man nur mit der Anmut einer wahren Lady begegnen.

Theo guckte sie verwirrt an. "Was? Nein! Ich will keinen Drink, ich will, dass du Miriam in Ruhe lässt! Hast du ihr heute Morgen ernsthaft erklärt, dass ihre Großmutter noch lebt? Und dass die Alte neben ihrer paranoiden Schnüffelei auch noch Lynchjustiz betrieben hat?"

"Das waren nicht unbedingt die Worte, die ich gewählt habe, und das mit der Lynchjustiz habe ich lediglich als Möglichkeit in den Raum gestellt –"

"Du hast sie ja nicht mehr alle", fiel ihr Theo ins Wort. "Du bist ein Fall für die Klapsmühle!"

"Wo warst du eigentlich gestern Nacht?", fragte Penny ungerührt. "Sagen wir, so gegen Mitternacht? Als Irmi starb."

"Was?" Theo plusterte sich noch erzürnter vor ihr auf. Demnächst würde er noch wie ein Knallfrosch explodieren. "Geht dich zwar überhaupt nix an, aber ich war zuhause, in Neunkirchen! Wenn du denkst, dass du mir was anhängen kannst –"

"Nicht doch", sagte Penny. "Du bist ein ehrbarer Bürger, sowas sehe ich gleich. Du würdest niemals einen Mord begehen!"

"Da hast du verdammt recht!"

Sie genoss es, diesen Troll auflaufen zu lassen, mit ihm zu spielen, ihm mit Ironie zu begegnen, die er noch nicht einmal mitbekam – aber sie durfte den Bogen nicht überspannen. Theo *war* gefährlich. Ein übler Choleriker, der sich kein bisschen im Griff hatte.

Mit seiner Intelligenz war es zwar nicht weit her, aber über Muskelkraft verfügte er dafür reichlich. Diesbezüglich durfte man sich nichts vormachen. Es konnte sehr schmerzhaft enden, sich mit so einem Typen anzulegen.

Sie schlug einen versöhnlicheren Tonfall an. "Ich bin fast am Ende mit meinen Ermittlungen", log sie. "Du bist mich also bald wieder los."

"Dann ist es ja gut", brummte Theo und wollte sich schon zum Gehen wenden. Anscheinend hatte er fürs Erste genug Dampf abgelassen.

Doch Penny hielt ihn zurück. "Warte", sagte sie, "du könntest mir helfen, noch eine wichtige Frage zu klären."

"Was denn für eine Frage?" Er starrte sie argwöhnisch an.

"Wie gesagt, du bist kein Mörder – aber ich muss einen gewissen Punkt von meiner Liste streichen können, okay? Dieser Streit, den du mit Johanna hattest, am Tag, an dem sie starb, worum ging es dabei? Bestimmt etwas ganz Harmloses, oder?" Sie zwang sich zu einem betörenden Lächeln – das an Theo abprallte.

Seine Schultern zuckten. Ebenso wie seine massigen Oberarme. Penny fürchtete schon, gleich den nächsten Zornesausbruch abzubekommen – doch erstaunlicherweise ließ sich Miriams Verlobter zu einer Erklärung herab. Er räusperte sich, dann verzog er die Mundwinkel und sagte: "Mir gefällt nicht, dass gewisse Leute hier im Haus sind. Darum gings bei dem Gespräch."

Penny sah ihn fragend an. "Du hast dich in den Hotelbetrieb eingemischt?"

"Pah, Hotelbetrieb. Ich hab der Alten gesagt, sie soll

endlich diesen Pseudo Indiana Jones rausschmeißen, der Miriam nachstellt. Das ist alles."

"Hm, du meinst Armin? Du wolltest Miriams Oma dazu bringen, dass sie ihn rauswirft? Im Ernst? Einen der wenigen zahlenden Gäste hier?"

"Du glaubst mir nicht? Denkst du, das juckt mich?"

Penny überlegte. Sie hatte den Eindruck, dass Theo die Wahrheit sagte. Bestimmt war er kein begnadeter Lügner, dazu fehlte es ihm eindeutig an Grips.

Außerdem passte es zu ihm, dass er hinterrücks versucht hatte, seinen Nebenbuhler loszuwerden – anstatt Miriam so liebevoll zu behandeln, dass sie von sich aus blind für andere Männer wäre.

Einen Augenblick lang standen sie sich schweigend gegenüber. "Würde es dich trösten", sagte Penny dann, "wenn ich dir verrate, dass Armin gar nicht hinter deiner Verlobten her ist?"

"Ach ja? Hinter was denn sonst?"

Sie zuckte mit den Achseln. "Sagen wir, er verfolgt andere Interessen im Hotel."

Theo rümpfte die Nase. "Du hältst dich wohl für sehr schlau, was?"

Verglichen mit dir bestimmt, dachte sich Penny, sagte aber nichts. Was fand eine so liebenswürdige Frau wie Miriam bloß an so einem Typen?

"Ich nehme mal an, Johanna hatte nicht die Absicht, Armin rauszuschmeißen, richtig?", fragte sie. "Ich kann mir vorstellen, dass sie froh über jeden zahlenden Gast war. Gleichgültig, warum er seinen Aufenthalt hier verlängerte."

Theo schnaubte. "Nein, sie wollte nichts davon hören.

Aber glaub mir, ich hätte sie noch überzeugt. Und jetzt werde ich Miriam dazu bringen, dass der Typ abhaut. Du wirst schon sehen!"

19.

Mitten in der Nacht klopfte es erneut an der Tür. Penny fuhr aus dem Schlaf – und stellte fest, dass es gar nicht mitten in der Nacht war. Draußen war es noch hell, und sie lag voll bekleidet auf dem Bett. Sie musste eingenickt sein, kurz nachdem sie Theo losgeworden war.

Na toll, im Hotel läuft ein Mörder frei herum, und Miss Superdetektivin gönnt sich eine gepflegte Siesta.

Sie rieb sich den Schlaf aus den Augen, dann hastete sie zur Tür und riss sie auf.

Draußen stand Miriam, die förmlich ins Zimmer sprang, kaum dass Penny geöffnet hatte. Sie schien etwas auf dem Herzen zu haben, das nicht warten konnte. Etwas Positives zur Abwechslung? Im Vergleich zu den letzten Tagen sah sie regelrecht aufgekratzt aus.

Erst jetzt bemerkte Penny, dass ihre Klientin einen Anorak trug und dazu einen dicken Wollschal. "Hol deine Jacke, ich muss dir unbedingt etwas zeigen", rief Miriam aufgeregt.

Penny fühlte sich noch immer ein wenig benommen von ihrer ungeplanten Siesta. "Ist was passiert?", fragte sie, während sie sich dem Haken zuwandte, an dem ihr Mantel hing.

"Ich weiß jetzt wieder, woher ich das Symbol kenne, das du fotografiert hast", sagte Miriam und strahlte dabei von einem Ohr bis zum anderen. "Die kleine Flamme aus Omas Tagebüchern!"

Penny war mit einem Schlag munter. "Im Ernst? Woher

denn?"

"Los, komm mit, ich zeige es dir. Ich habe es gerade zufällig entdeckt. Obwohl ich es bestimmt schon hundert Mal vor Augen hatte. Hab nur nie darauf geachtet. Aber heute ist es mir aufgefallen, weil du mir das Foto gezeigt hast!"

"Wo hast du es denn entdeckt?", fragte Penny, während sie bereits in ihren Mantel schlüpfte.

"Auf dem Friedhof. An Großmutters Grab. Dem Familiengrab."

"Dort hast du die Flamme gesehen?"

Miriam nickte heftig. "Ich war gerade da. Und ich bin mir ganz sicher, dass es das gleiche Symbol ist. Los, komm schon! Es muss doch etwas zu bedeuten haben, oder? Großmutter wollte mir damit bestimmt etwas sagen!"

Zweifellos wollte sie das, dachte Penny. Die Frage war nur: was?

"Wieso warst du denn am Grab deiner Großmutter?", fragte sie Miriam, während sie gemeinsam das Zimmer verließen und die Treppe hinabliefen. "Gehst du oft dorthin?"

Miriam antwortete nicht gleich. Erst verzog sie das Gesicht, als wüsste sie nicht so recht, was sie sagen sollte, dann blieb sie plötzlich stehen, mitten auf der Treppe. Sie sah sich um, wohl um sich zu vergewissern, dass sie allein waren, dann beugte sie sich zu Penny hinüber und flüsterte: "Ich hatte gehofft, Großmutter würde sich mir vielleicht zeigen. Mir ein Zeichen geben, dass sie noch am Leben ist, verstehst du? Jetzt, wo du sie gesehen hast. Sie weiß ja, dass ich oft an ihr Grab komme. Und der Friedhof ist ein sehr einsamer Ort. Da ist man ganz ungestört."

Penny stöhnte innerlich auf. Über diese Art von

Konsequenzen hatte sie zu wenig nachgedacht, als sie den Hotelbewohnern ihre Lügengeschichte aufgetischt hatte. Als sie vollmundig behauptet hatte, sie habe die tote Johanna Lempra mit ihren eigenen Augen gesehen. Lebendig.

Es lag doch auf der Hand, dass Miriam jetzt die Hoffnung hegte, ihre Großmutter bald wiederzusehen. Dass sie annahm, alles würde wie früher werden, wenn der Mörder erst gefasst war. Oder präzise ausgedrückt: der Attentäter. Wenn man behauptete, dass Johanna seinen Angriff tatsächlich überlebt hatte, so war er ja kein Mörder mehr. Bei einer so dreisten Lüge war es schon schwierig, das richtige Vokabular zu verwenden ...

Miriam stand jedenfalls eine schmerzhafte Enttäuschung bevor. Das war unvermeidlich. Bestimmt würde es sich für sie anfühlen, als verlöre sie ihre geliebte Großmutter ein zweites Mal, wenn sie am Ende die Wahrheit erfuhr. War es das wert? Penny konnte es nur hoffen. Denn ob die Lüge sie tatsächlich zu Johannas Mörder führen würde, stand noch sowas von in den Sternen.

Sie setzte sich wieder in Bewegung, nahm die letzten Stufen der Treppe und wandte sich über die Schulter zu Miriam um. "Komm, lass uns gehen. Ich möchte zurück sein, bevor es dunkel wird." Auch wenn sie sich nicht unmittelbar durch den Mörder bedroht fühlte, so war ihr bei dem Gedanken, in der hereinbrechenden Dämmerung auf einem menschenleeren, halb verfallenen Friedhof umherzustreifen, ganz bestimmt nicht wohl.

Am Friedhof angekommen, lief Miriam schnurstracks zu

dem Grab, auf dem noch der üppige Strauß roter Rosen lag, den Wilhelm gestern dort platziert hatte. Sie schenkte den Blumen jedoch keinerlei Beachtung, sondern lenkte Pennys Aufmerksamkeit auf eine der beiden Grablaternen, die symmetrisch links und rechts des Marmorengels angebracht waren.

Es handelte sich um schmiedeeiserne Lampen, die an ihrem unteren Ende in den Stein der Grabumrandung eingepasst waren. Miriam deutete aufgeregt auf die linke der beiden Laternen. "Sieh nur, Penny!"

Penny kauerte sich hin – und erkannte sofort, dass Miriam recht hatte. Die milchigen Glasscheiben der Grableuchte waren mit dem Symbol verziert, das sie in Johannas Tagebüchern entdeckt hatte. Auf allen vier Seiten waren kleine Flammen eingeritzt.

"Ich dachte immer, die wären reine Verzierung", sagte Miriam kopfschüttelnd. "Ich meine, Flammen auf einer Laterne – das ist ja nichts Ungewöhnliches. Deswegen habe ich nie wirklich drauf geachtet."

Penny stimmte ihr zu. Vorsichtig öffnete sie die Tür der kleinen Lampe. Drinnen flackerte eine Grabkerze, die schon beinahe ganz heruntergebrannt war.

Hm, eine ganz normale Friedhofslaterne, wie es sie zu Tausenden gibt. Was sollte es damit auf sich haben? Warum hatte Johanna sie bloß hierher geführt?

Lerne aus der Vergangenheit – die Worte aus dem seltsamen Brief, den die alte Dame ihrer Enkelin hinterlassen hatte, kamen Penny mit einem Mal wieder in den Sinn. Das musste sich auf das Studium der Tagebücher beziehen. Indem Miriam die Berichte las, die ihre Großmutter über die

Jahrzehnte niedergeschrieben hatte, konnte sie aus der Vergangenheit lernen. Etwas über das Leben und die Arbeit ihrer Oma erfahren.

Die alte Dame hatte wohl damit gerechnet, dass ihre Enkelin diese Texte irgendwann einmal lesen würde, auch wenn sie wenig Interesse an der Detektivkunst gezeigt hatte. Außerdem hatte Johanna wohl darauf spekuliert, dass Miriam öfters an ihr Grab kommen würde – wo sie die Flammen auf den Laternen wiedererkennen konnte.

Mit einer dieser beiden Annahmen – der Ersteren – hatte die alte Meisterdetektivin falschgelegen, auch wenn sie bei der Mörderjagd nahezu unfehlbar gewesen sein mochte. Na ja, die eigene Familie, die verstand man oft am allerwenigsten. Das wusste Penny selbst nur zu gut.

Sie zog die Grabkerze vorsichtig aus dem Gehäuse und stellte sie neben sich ab. Das kleine Licht erlosch auf der Stelle im eisigen Wind, der um die Gräber pfiff.

Keine schöne Symbolik, ging es Penny durch den Kopf, aber das war jetzt nicht zu ändern. Dennoch konnte sie nicht verhindern, dass es sie plötzlich fröstelte, so warm ihr Wintermantel auch sein mochte.

Sie kniete sich direkt vor die Laterne, spähte hinein und tastete mit der rechten Hand das Innere ab. Die Grabkerze hatte auf einer Metallplatte gestanden, die mit vier Schrauben am Boden des Gehäuses befestigt war.

Penny klopfte mit einem Fingernagel auf die Platte – und wurde mit dem Klang belohnt, den sie sich erhofft hatte. "Hört sich nicht massiv an, oder?", sagte sie zu Miriam. Unter der Metallplatte musste sich ein Hohlraum befinden – auch wenn er nicht sehr groß sein konnte. Von außen betrachtet war der Sockel der Laterne kaum fünf Zentimeter hoch.

Sie brauchte einen Schraubenzieher, aber so etwas gehörte leider nicht zu den Standardutensilien, die eine Frau üblicherweise in der Handtasche mit sich herumschleppte. Nicht einmal, wenn es sich bei der Frau um eine angehende Detektivin handelte.

Es war Miriam, die ihr unerwartet ein Taschenmesser reichte. Eines jener Schweizer Souvenirs, die neben mehreren Klingen auch eine winzige Feile, eine Schere und sogar einen Zahnstocher in ihrem Inneren verbargen.

Miriam quittierte Pennys überraschten Blick mit einem Schulterzucken. "Hat mir Theo mal geschenkt. Ich trag es fast immer bei mir."

Die Spitze der Feile passte gerade in die schmalen Schlitze der vier Schraubenköpfe. Penny machte sich hastig ans Werk.

Beinahe hätte sie vor Aufregung gequiekt, als unter der Metallplatte ein in Plastik gehülltes schmales Päckchen zum Vorschein kam. Ein gepolsterter Briefumschlag, wie sich herausstellte, nachdem Penny die schützende Folie entfernt hatte.

Er war bereits mit einem Messer feinsäuberlich aufgeschlitzt worden. Auf der Vorderseite standen Johanna Lempras Name und ihre Adresse, dazu die Anmerkungen:

Persönlich.
Per Bote.

Auf der Rückseite waren die Daten des Absenders in Form

eines Namenssiegels aufgedruckt:

David Blüthenstein
New York City

Nichts weiter, keine vollständige Postanschrift. Penny reichte Miriam den Umschlag. "Du solltest dir das ansehen", sagte sie. "Deine Großmutter wollte, dass du es findest."

Miriam nahm den Umschlag entgegen, spähte erst hinein und zog dann vorsichtig einen einzelnen Bogen Briefpapier heraus.

Sie las schweigend, mit großen Augen und leicht geöffneten Lippen. Schließlich gab sie Penny das Blatt zurück. "Ich verstehe das nicht ..."

Penny besah sich den Brief. Er war mit einer Datumsangabe versehen, die über acht Jahre zurücklag.

Liebe Johanna,

Sie werden überrascht sein, von mir zu hören, denn wir haben uns nie persönlich kennengelernt. Mein Name ist David Blüthenstein und ich verdanke Ihrem Großvater mein Leben.

In den nächsten beiden Absätzen folgte die Lebensgeschichte des David Blüthenstein – zusammengefasst auf engstem Raum. Jugend und frühe Karriere im elterlichen Juwelenhandel im Wien der Zwischenkriegszeit, dann die plötzliche Verhaftung der Eltern durch Schergen des Nazi-Regimes anno 1941. Daraufhin floh David mit seiner jungen Ehefrau nach Mönchswald, in das Grandhotel, das damals

Johannas Großvater Matthias führte. Die Blüthensteins hatten in besseren Tagen dort oft ihre Sommerferien verbracht.

Er könne seine Dankbarkeit nicht in Worte fassen, schrieb David weiter, dafür, dass Matthias ihn und seine Ehefrau mehrere Monate lang vor den Nazis versteckt hielt, und damit sein eigenes Leben aufs Spiel setzte.

Schließlich gelang dem jungen Paar in einer waghalsigen Nacht-und-Nebel-Aktion die Flucht aus Österreich, erst in die Schweiz, in weiterer Folge dann in die USA. Wo David erneut als Juwelier tätig wurde und anscheinend sehr erfolgreich gewesen war.

Penny las weiter:

Gott war gut zu uns, er hat uns ein neues Leben in Amerika geschenkt, auch wenn wir die alte Heimat für immer vermisst haben. Mit eigenen Kindern waren wir jedoch nicht gesegnet, deshalb werde ich jetzt, wo meine Frau bereits bei unserem Schöpfer ist, und sich auch meine Zeit auf Erden dem Ende nähert, den Gutteil meines Vermögens einer wohltätigen Stiftung für Opfer des Holocausts überschreiben.
Ihnen jedoch, meine liebe Johanna, als Nachfahrin unseres Retters, möchte ich ein paar besonders seltene Steine aus meiner privaten Sammlung überlassen. Weil Ihr Großvater ein ebenso seltenes und kostbares Exemplar der Gattung Mensch war. Mögen sie Ihnen Glück und Freude schenken.

Gott segne Sie,
Ihr David Blüthenstein

"Was denn für Steine?", wollte Miriam wissen, als Penny den Brief zu Ende gelesen hatte. "Wovon redet dieser Mann? Und wer ist er überhaupt?"

"Hat dir deine Großmutter nie davon erzählt? Von dem jüdischen Ehepaar, das ihr eigener Großvater im Grandhotel versteckte?"

Miriam legte die Stirn in Falten und knabberte an ihrem Zeigefinger. Sie schien zu grübeln. "Doch ja, ich glaube, sie fing mal davon an ... Ist ewig her, da war ich höchstens ein Teenager. Aber ich fürchte, ich habe nicht wirklich zugehört. Kriegsgeschichten finde ich noch gruseliger als Morde."

"Verstehe", murmelte Penny, während sie in Gedanken ein paar Puzzlesteine an den richtigen Platz rückte. Davids Brief belegte unwiderruflich, dass Johannas Großvater kein Nazi-Sympathisant oder gar Mörder gewesen war. Dass er die Blüthensteins nicht getötet hatte, um sich deren Diamanten unter den Nagel zu reißen. Was bedeutete, dass es im Grandhotel keinen Schatz zu heben gab. Es sei denn –

"Was ist mit diesen Steinen, die dieser David erwähnt?", holte Miriam sie aus ihren Gedanken. "Wenn er Juwelier war, spricht er dann von Edelsteinen?"

Penny nickte. "Möglicherweise von Diamanten."

"Diamanten?" Miriam machte große Augen. "Aber wo sind sie?" Sie lugte erneut in das Briefkuvert, doch das enthielt nichts außer dem einzelnen Blatt Papier.

"Das ist eine wirklich gute Frage", erwiderte Penny. "David Blüthenstein ließ den Brief per Boten überbringen, und das Kuvert ist gepolstert. Sowas tut man doch nicht, wenn man bloß ein Schreiben zustellen will. Ich denke mal, er hat die Steine beigelegt."

"Klingt logisch", sagte Miriam und sah sie erwartungsvoll an.

Bis hierher war das Rätsel, das Johanna ihrer Enkelin gestellt hatte, ziemlich einfach zu knacken gewesen. Hätte Miriam die Tagebücher ihrer Großmutter auch nur oberflächlich gelesen, so hätte sie David Blüthensteins Brief gefunden – auch ohne Pennys Hilfe.

Lerne aus der Vergangenheit. Diese Worte, die Johanna ihrer Enkelin hinterließ, hatten eine doppelte Bedeutung, das erkannte Penny jetzt. Es ging um Johannas eigene Vergangenheit in Form der Tagebücher, aber auch um die Geschichte von Miriams Ururgroßvater Matthias, der ein Held gewesen war und den Blüthensteins das Leben gerettet hatte.

Aber was nun? Wo war das Geschenk, das Johanna ihrer Enkelin in Aussicht gestellt hatte? *Lerne aus der Vergangenheit, und du wirst nie wieder eine Bettlerin sein.* Das musste sich doch auf die Diamanten beziehen, die David Blüthenstein Johanna zum Geschenk gemacht hatte. Schließlich hatte die Spur mit den Flammensymbolen genau zu seinem Brief geführt. Zu diesem Päckchen, das eindeutig mehr enthalten hatte als bloß ein Blatt Papier. Und die Symbole in den Tagebüchern reichten auch nicht weiter zurück als acht Jahre. Johanna musste begonnen haben, diese Spur zu legen, kurz nachdem David Blüthenstein ihr geschrieben hatte.

Du übersiehst hier etwas Wesentliches, Penny, sagte sie sich.

Bloß was? Sie studierte erneut den Brief, den sie noch immer in der Hand hielt. Aber auf diesem Blatt gab es keine weiteren Hinweise, so viel war offensichtlich.

Vermutlich würde es möglich sein, David Blüthenstein in New York zu kontaktieren und ihn zu befragen, was genau er Johanna geschickt hatte.

Halt, nein, er hatte ja geschrieben, dass sein Leben zu Ende ging – und das war vor acht Jahren gewesen. Und Kinder hatte er auch keine hinterlassen. Niemanden, der jetzt noch eine Auskunft geben konnte …

War die Auffindung des Briefs hier auf dem Friedhof nur die erste Etappe von Johannas Rätsel gewesen? Eine relativ einfache Aufgabe, quasi zum Aufwärmen? Folgte jetzt als zweiter Schritt eine echte Herausforderung detektivischen Spürsinns? Wollte die alte Meisterschnüfflerin Miriams Talente auf die Probe stellen, bevor sie ihr die Diamanten überließ?

Wenn dem so war, so warf das kein gutes Licht auf Penny. Sie bildete sich ein, dass sie das Zeug zur Detektivin hatte – und tappte dennoch völlig im Dunkeln, wie es jetzt weitergehen sollte.

Oder war das Rätsel womöglich gar nicht mehr gültig? Johanna hatte es ja schon vor acht Jahren erdacht – kurz nachdem David Blüthenstein ihr die Diamanten vererbt hatte. Das bewiesen die Flammensymbole in ihren Tagebüchern.

Hatte Miriams Großmutter die Steine irgendwann doch verkauft, weil das Geld im Grandhotel knapp geworden war? Hatte sie bloß vor ihrem unerwarteten Tod keine Gelegenheit mehr gehabt, die Spur in den alten Tagebüchern zu tilgen und Davids Brief aus der Friedhofslaterne zu entfernen?

So viele Fragen – über denen Penny beinahe vergessen

hätte, dass sie auch noch einen Mordfall lösen musste.

Als sie Stunden später mit rauchendem Kopf in ihr Bett fiel, schlief sie noch schlechter als in der Nacht zuvor.

Nichtsdestotrotz – oder gerade deswegen? – hatte sie am nächsten Morgen eine folgenschwere Entscheidung getroffen.

20.

Dienstag 12. Februar

Früh am Dienstagmorgen machte Penny sich auf die Suche nach Jakub. Sie wusste nicht, wo genau seine Unterkunft im dritten Stock lag, aber sie war sich sicher, dass er bereits wieder irgendwo im Haus herumwuselte. Oder schnüffelte. Vermutlich beides.

Sie fand seinen Putzwagen vor dem Zimmer, das Armin bewohnte. Die Tür war angelehnt, und dahinter war ein Staubsauger zu hören. Penny hatte keine Scheu, unaufgefordert einzutreten.

Jakub zuckte erschrocken zusammen, als sie vor ihm auftauchte. Sein Blick war schuldbewusst – dabei hatte er allem Anschein nach tatsächlich nur geputzt. Nicht irgendwelche Schubladen durchwühlt oder Ähnliches.

"Fräulein Küfer", krächzte er. "Herr Keyser ist schon ausgegangen."

Penny nickte. "Das macht nichts. Ich wollte ohnedies zu Ihnen."

War Armin bereits wieder auf Schatzsuche? Durchforstete er das labyrinthische alte Gebäude noch immer auf der Suche nach den Diamanten? Falls dem so war, so vergeudete er seine Zeit. Penny wusste ja mittlerweile, dass die Blüthensteins mit ihren Steinen wohlbehalten in Amerika –

Aber halt. Ein neuer Gedanke schlich sich in ihren Kopf.

Was, wenn die Diamanten doch irgendwo im Hotel verborgen waren? Nicht seit der Nazizeit, aber seit acht Jahren, als Johanna das kleine Päckchen von David Blüthenstein erhalten hatte?

Womöglich hatte Miriams Großmutter die Steine irgendwo im Haus versteckt – als zweiten Teil jener Aufgabe, die sie ihrer Enkelin gestellt hatte. Weil sie wollte, dass diese sich ebenfalls als Schnüfflerin betätigte.

War Armin *diesen* Diamanten auf die Spur gekommen? Hatte er sich die Juwelen unter den Nagel reißen wollen und Johanna deswegen ermordet?

Was will ich dann hier mit Jakub?, fragte sich Penny. War sie vollkommen auf dem Holzweg? Hatte sie doch alles falsch herum betrachtet?

Nein, sie musste schon richtig liegen, weil Armin –

Weiter kam sie nicht, denn Jakubs schrille Stimme riss sie aus ihren Gedanken. "Was kann ich für Sie tun, Fräulein Küfer?", fragte er und trat näher an sie heran. Zu nahe für ihren Geschmack.

Sie wich einen Schritt zurück. Mit seinem Staubsauger bewaffnet sah der Hausmeister aus wie ein moderner Don Quijote, komisch, aber auch irgendwie tragisch. Bestimmt vollbrachte er in seinen Träumen legendäre Heldentaten, anstatt die Böden in einem heruntergekommenen Hotel zu saugen.

"Es geht um Johanna", begann sie – wie sie es sich zuvor zurechtgelegt hatte. Ausnahmsweise einmal war sie vorbereitet.

Die Worte hatten die gewünschte Wirkung. Jakub straffte die Schultern und packte seinen Staubsauger noch fester. Zu allem entschlossen. "Haben Sie sie wiedergesehen?", fragte er begierig. "Mit ihr gesprochen?"

"Sie hat mir eine Nachricht zugespielt", sagte Penny, wobei sie jedes einzelne Wort auf eine Weise betonte, als handle es sich um den Austausch höchst sensibler Informationen unter höchst geheimen Agenten.

"Oh! Und worum ging es, wenn ich fragen darf?"

"Sie hat mich um Hilfe gebeten", antwortete Penny. "Ich hatte recht mit meiner Theorie. Irmi hat mit ihr zusammengearbeitet. Die beiden ersannen einen Plan, um den Mörder in die Falle zu locken. Oder vielmehr den Angreifer, denn es gelang ihm ja eben nicht, Johanna zu töten."

"Aber er hat Irmi auf dem Gewissen!", unterbrach Jakub. "Sie *ist* tot!"

"Ich weiß. Dieser Verbrecher ist ein besonders cleverer und skrupelloser Mensch. Wir müssen sehr vorsichtig vorgehen."

"Wir?" Der Hausmeister zog die Augenbrauen hoch und fuhr sich mit der Zunge über seine spröden Lippen.

"Ja, wie gesagt, ich brauche Ihre Hilfe. Sie sollen meine Lebensversicherung sein."

Jakub nickte eifrig. "Sicher. Natürlich. Sehr gerne. Was haben Sie denn vor?"

Penny gab sich Mühe, ihre Stimme noch ein bisschen verschwörerischer klingen zu lassen. "Also mit Irmi hat es sich folgendermaßen abgespielt – so viel weiß ich inzwischen: Johanna spukte im Haus herum, um dem Mörder Angst einzujagen. Er sollte denken, dass sie ihm aus dem Jenseits nachstellte, um ihn zur Strecke zu bringen. Oder dass sie seinen Anschlag überlebt hatte, und dass er sie jetzt um jeden

Preis zum Schweigen bringen musste, bevor sie ihn entlarvte."

"Ja, was denn nun?", fragte Jakub. "Wollte sie den Geist spielen oder dem Mörder klar machen, dass er versagt hatte?"

"Beides, vermute ich. Sie wusste ja anfangs nicht, wer sie angegriffen hatte. Wie Sie sich erinnern, wurde sie die Treppe hinuntergestoßen. Sie bekam den Attentäter nicht zu Gesicht. Und so wählte sie wohl für die, ähm, gläubigen Hotelbewohner, wie Sie einer sind, die Rolle der ruhelosen Seele, während andere sie für einen Menschen aus Fleisch und Blut halten sollten."

"Sie kann doch nicht wirklich angenommen haben, dass ich sie ermorden wollte!", ereiferte sich Jakub.

Penny lächelte entschuldigend und sagte mit zuckersüßer Stimme: "Eindeutig eine Fehleinschätzung. Kann ich mir gar nicht erklären. Na, jedenfalls ist Johanna eine alte Dame und nicht mehr so mobil. So kam sie auf die Idee, Irmi, der sie wohl bedingungslos vertraute –"

"So eine Frechheit", schimpfte Jakub. "Ich war ihr mindestens so treu ergeben wie diese ..." Das passende Wort für die Köchin schien ihm nicht einfallen zu wollen. Er krächzte etwas Unverständliches, und dabei zuckte seine spitze Nase erregt.

"Ich habe das sofort gesehen", log Penny. "Dass Sie hundertprozentig vertrauenswürdig sind, meine ich. Genau deswegen wende ich mich jetzt an Sie. Und Johanna können Sie auch überzeugen, in dem Sie mir helfen."

Jakub brummte etwas, das wohl Zustimmung ausdrücken sollte.

"Also", fuhr Penny fort, "Johanna machte Irmi zu ihrer Verbündeten, und die Köchin schlüpfte dann gelegentlich in ihre Rolle. Speziell, wenn es darum ging, in Schlafzimmer einzudringen und dann wie ein Geist wieder zu verschwinden. Balkonklettern hat Johanna einfach nicht mehr drauf. Während Irmi sehr sportlich war."

"So. Na ja", brummte Jakub und blickte schon etwas versöhnlicher drein. Vermutlich wurde ihm gerade bewusst, dass er wenig Lust verspürte hätte, für seine Chefin gefährliche Kletterpartien zu riskieren. Treue hin oder her.

"Irmi hat es dann auch übernommen, Johannas Rolle zu spielen, bei der Falle, die sie dem Täter stellten. Wo genau sie ihn hinlockte und wie sie das anstellte - das weiß ich noch nicht. Spielt aber keine Rolle. Irmi hat sich jedenfalls bei dieser Gelegenheit mit einer Knopflochkamera oder etwas Ähnlichem ausgerüstet. Sie wissen schon, diese kaum sichtbaren Dinger, die aber dennoch super Aufzeichnungen machen können."

Jakub nickte eifrig. "Ja, ja, natürlich."

Penny fuhr fort: "Bevor Irmi vom Balkon stürzte, muss es ihr gelungen sein, den Mörder zu konfrontieren und ihn zu einem Geständnis zu bewegen. Oder jedenfalls zu irgendwelchen kompromittierenden Äußerungen. Vielleicht auch nur dazu, dass er ihr an den Kragen wollte, weil er sie tatsächlich für Johanna hielt. Jedenfalls hat ihre Mini-Kamera brauchbare Beweise aufgezeichnet. Als Irmi dann in den Tod stürzte - oder gestoßen wurde - gelang es Johanna, ihr das Gerät abzunehmen. Sie hatte unten auf dem Parkplatz auf der Lauer gelegen. Oder am Waldrand gleich dahinter. Sie erinnern sich, dass ich sie noch zwischen den Bäumen verschwinden sah. Sie flüchtete mit den Beweisen, die Irmis Kamera aufgezeichnet hat. Soviel schrieb sie mir in dem Brief, den ich erhalten habe."

"Ohhh", sagte Jakub. "Sie hat einen Beweis?"

"Genau. Und da ich sie bei Irmis Leiche gesehen habe, muss sie mich natürlich ebenso bemerkt haben. Beziehungsweise wusste sie vielleicht schon zuvor, warum ich im Hotel bin. Bestimmt hat Irmi ihr alles über mich erzählt. Und deswegen hat sie jetzt *mich* um Hilfe gebeten. Das fand ich heute Morgen unter meiner Tür."

Sie entfaltete einen Brief, der in der säuberlichen Handschrift Johanna Lempras verfasst war, und hielt ihn Jakub unter die Nase. "Ich vermute mal, dass sie mit Irmis Videoaufnahme unwiderlegbare Beweise gegen den Mörder in der Hand hat. Und ich denke, dass sie mir dieses Video übergeben will, damit ich es den Behörden zuspiele. Ihren genauen Plan hat sie mir nicht verraten, wie Sie sehen können."

Sie deutete auf den Brief, den Jakub mit zusammengekniffenen Augen studierte. "Ich denke, Johanna möchte ihre Tarnung noch nicht aufgeben", fuhr sie fort. "Solange man sie offiziell für tot hält, ist sie am sichersten."

"Sie sollen sie auf dem Friedhof treffen?", las Jakub aus dem Brief vor.

"Ja, heute Nacht, in dem alten Häuschen – ich weiß nicht, was es einmal gewesen sein mag. Ein Pfarrhaus?"

Jakub schüttelte den Kopf. "Das Haus des Friedhofswärters, aber das ist viele Jahre her."

"Okay. Jedenfalls ist es der perfekte Treffpunkt. Abgelegen, einsam, von aller Welt vergessen ... genau das Richtige, wenn man nicht gesehen werden will."

"Ja", sagte Jakub mit einem Funkeln in den Augen. "Und jetzt wollen Sie, dass ich Sie beschütze, nicht wahr?"

Penny unterdrückte ein Lächeln und schüttelte den Kopf. "Das Angebot ehrt sie, Jakub, aber das wäre viel zu gefährlich. Denken Sie nur an Irmi."

"Ich habe keine Angst", verkündete der Hausmeister. Er richtete sich zu seiner vollen Größe auf, und sah dabei mehr denn je wie ein zerrupfter Singvogel aus. "Vor niemandem!"

"Das weiß ich doch", sagte Penny. "Aber ich brauche Sie hier. Sie sind meine Lebensversicherung. Johanna wird stolz auf Sie sein!"

"Aber, ich –"

"Hören Sie meinen Plan", unterbrach ihn Penny. "Ich will zu dem Treffen mit Johanna. Aber jemand muss mir den Rücken sichern. Sie behalten das Hotel im Auge und rufen mich sofort an, wenn jemand nach mir das Haus verlässt. Würden Sie das tun? Ich will den Mörder nicht geradewegs zu Johanna führen. Und auch nicht unbedingt meinen eigenen Hals riskieren."

"Sie sind ein ganz schön mutiges Fräulein", sagte Jakub bewundernd.

"Nicht wirklich", erwiderte Penny. "Mir wird schon schlecht bei dem Gedanken, nachts allein auf diesen Friedhof zu gehen." Das war nicht einmal gelogen. "Aber es muss sein. Es ist *die* Chance, den Mörder endlich zur Strecke zu bringen. Wenn ich nach spätestens zwei Stunden nicht zurück bin, alarmieren Sie die Polizei, okay? Ganz egal, welche Story Sie denen dann auftischen, sie müssen zum Friedhof kommen!"

"Ja, gut, Fräulein Küfer. Sie können auf Jakub zählen!"

"Das wusste ich", sagte Penny und schenkte dem Vogelmann ein Lächeln.

Er räusperte sich, dann zögerte er einen Moment. Er schien noch etwas auf dem Herzen zu haben. Schließlich senkte er die Stimme und fragte: "Haben Sie denn schon einen Verdacht, Fräulein Küfer? Wer der Mörder ist? Johanna hat es Ihnen doch nicht verraten, oder?"

Penny drückte ein wenig herum, dann sagte sie: "Ich habe leider nicht den geringsten Anhaltspunkt, ich tappe völlig im Dunkeln. Ich brauche Johannas Hilfe, um weiterzukommen. Drücken Sie mir die Daumen, dass alles nach Plan läuft heute Nacht."

21.

Nachdem sie Jakub wieder seiner Arbeit überlassen hatte, lief Penny die Treppe hinunter und steuerte den Frühstücksraum an.

Eigentlich war die Frühstückszeit schon vorüber, aber sie hatte Glück. Nur noch ein einziger Tisch war belegt, genau von jenem Mann, den sie suchte: Wilhelm Lindner.

Er hatte es sich mit einer Tasse Kaffee gemütlich gemacht und las die Morgenzeitung. Von Miriam hingegen war nichts mehr zu sehen, sie hatte sich wohl bereits ihren anderen Aufgaben im Hotel zugewandt und Wilhelm sich selbst überlassen.

"Darf ich mich zu Ihnen setzen?", fragte Penny.

"Sicher doch." Der alte Mann blickte nur kurz von seiner Zeitung auf, dann wollte er sich weiter dem Artikel widmen, den er gerade las.

"Johanna Lempra hat mir eine Nachricht geschickt – und ich wollte Sie um Ihre Hilfe bitten", sagte Penny geradeheraus.

Die Ankündigung erzielte die gewünschte Wirkung. Wilhelm hob den Kopf, sah sie erstaunt an, und schon im nächsten Moment faltete er seine Zeitung zusammen.

Sie zog den Brief aus ihrer Handtasche, den sie bereits dem Hausmeister gezeigt hatte, und schilderte Wilhelm ihren nächtlichen Plan. Dabei wählte sie fast die gleichen Worte wie schon zuvor bei Jakub. "Ich bin aber auf Ihre

Unterstützung angewiesen, wenn es klappen soll", endete sie. "Ich brauche jemanden, der mir den Rücken freihält. Und der die Polizei anruft, wenn ich nicht zurückkomme."

"Sie wollen wirklich zu diesem Treffen gehen?", fragte Wilhelm. "Das ist doch viel zu gefährlich. Es könnte eine Falle sein!"

"Das glaube ich nicht. Der Brief ist doch in Johannas Handschrift, nicht wahr? Ich kenne sie aus den Tagebüchern. Und sie weiß bestimmt, was sie tut. Sie ist ein Profi. Sie hat ihren eigenen Tod vorgetäuscht, das muss man sich mal vorstellen! Wie Sherlock Holmes persönlich! Ich vertraue ihr. Und ich werde meinerseits dafür sorgen, dass sie nicht am Ende tatsächlich stirbt."

Wilhelm nickte langsam. "Es ehrt mich, dass Sie mir vertrauen. Dass Sie mich um Hilfe bitten."

Penny sah ihm direkt in die Augen. "Sie und Johanna – das war mehr als nur Freundschaft, nicht wahr? Sie liebten sie. Oder besser gesagt, Sie tun es noch. Ich habe Sie am Friedhof gesehen. Mit dem Rosenstrauß. Verzeihen Sie, wenn ich das so offen sage, aber der Ausdruck in Ihrem Gesicht, als Sie an Johannas Grab knieten und mit ihr in Gedanken Zwiesprache hielten –"

"Sie haben mich beobachtet?"

"Tut mir leid", sagte Penny. "Es war keine Absicht." Was nicht ganz stimmte, aber das musste Wilhelm ja nicht unbedingt wissen. "Jedenfalls habe ich noch selten einen Menschen gesehen, der so sehr trauerte. Der so tief fühlte, für die Frau, die er liebte, nicht wahr? Keine Angst, Ihr Geheimnis ist sicher bei mir."

Wilhelm ließ den Kopf sinken, starrte auf seine Hände, die

von der Gicht gezeichnet waren. "Mein Geheimnis", murmelte er. "Sie sind eine gute Detektivin, Frau Küfer. Sie haben recht. Ich liebe Johanna – schon mein ganzes Leben."

"Was ist schiefgelaufen?", fragte Penny geradeheraus, aber in sanftem Tonfall. "Warum sind Sie beide kein Paar geworden? Nach dem zu urteilen, was Johanna in ihren Tagebüchern schreibt, ist sie Ihnen ebenso zugetan. Auch mehr als nur freundschaftlich, denke ich."

Wilhelm hob den Kopf. Seine Augenlider zuckten. "Ich habe es ruiniert", sagte er. "Unsere Liebe. Das Leben, das wir hätten führen können. Es ist alles meine Schuld. Ich ließ mich blenden. Von Sabine. Oder besser gesagt vom Geld ihrer Eltern. Von dem prächtigen Haus, in dem sie wohnten. Ich weiß, wie sich das anhören muss für einen Menschen Ihrer Generation, Frau Küfer, aber damals ..."

Er blinzelte. Fuhr sich mit den Fingern erst über seinen Bart, dann durch sein dichtes weißes Haar. Als könne man auf diese Weise unliebsame Erinnerungen abstreifen. "Meine eigene Familie war arm", sagte er dann. "Und ich meine richtig arm. So etwas gibt es heute gar nicht mehr in Österreich, Gott sei Dank. Johanna und ich ... wir liebten uns, aber ich konnte ihr nichts bieten. Man heiratete damals nicht einfach aus Liebe. Das war zu wenig. Als Mann musste man seine Ehefrau versorgen können. Ihr ein gutes Leben bieten. Davon war nicht die Rede bei mir. Und anstatt meinen Mann zu stehen und etwas aus mir zu machen, habe ich gekniffen. Ich ging den einfachen Weg und heiratete Sabine, die sich auch für mich interessierte. Ich stieg in den Juwelierladen ihrer Eltern ein. Wo ich bis zu meiner Pensionierung gearbeitet habe. Aber ich schwöre Ihnen, es verging kein Tag, an dem ich meine Entscheidung nicht bereut habe."

"Und da konnten Sie sich nicht scheiden lassen?", fragte Penny. "Weil man das damals einfach nicht tat?"

"Ach, über die Konventionen hätte ich mich hinwegsetzt, irgendwann. Ich war so unglücklich in meiner Ehe, dass mir am Ende alles egal war. Aber Johanna hatte sich zwischenzeitlich ebenfalls vermählt. Es war zu spät. Mir blieb nur noch Freundschaft. Erst als ich meine Frau ins Heim einliefern musste, weil sie sich komplett verlor in ihrer Demenz, und Johannas Ehemann starb –"

Er unterbrach sich, trocknete mit dem Hemdsärmel eine einzelne Träne, die auf seine Wange hinabgekullert war. "Erst dann wagte ich an ein spätes Glück zu denken. Ich zog hierher ins Hotel, mietete mich als Dauergast ein – und habe versucht, Johanna wieder näher zu kommen. Behutsam, verstehen Sie? In unserem Alter ist ein romantischer Neubeginn ein geradezu lächerliches Unterfangen. Aber ich denke doch, dass wir am Ende zusammengefunden hätten, wenn Sie nicht ... ach, Sie wissen schon."

"Wenn Sie nicht ermordet worden wäre?"

Er nickte schweigend. Dann fasste er sich und sah Penny in die Augen. "Und jetzt behaupten Sie, dass sie noch am Leben ist!" Er schüttelte ungläubig den Kopf. "Sie können auf mich zählen, heute Nacht. Ich werde Sie anrufen, falls Ihnen jemand folgt. Und wenn Sie nicht bald wieder zurückkehren, alarmiere ich die Polizei. Obwohl ich mir nichts sehnlicher wünsche, als Sie zu begleiten. Wenn ich Johanna doch nur wiedersehen könnte!"

22.

Kurz nach 22 Uhr verließ Penny das Grandhotel und machte sich auf den Weg zum Friedhof. Die Nacht war bitterkalt und so dunkel, dass sie kaum ein paar Meter weit sehen konnte. Dennoch widerstand sie der Versuchung, ihre Handy-Taschenlampe zu benutzen oder alle paar Schritte über die eigene Schulter zu schielen, ob sie verfolgt wurde. Ein bisschen Angst durfte man ja wohl haben, als Frau allein, nachts in dieser abgeschiedenen Gegend. Aber sie konnte es sich nicht erlauben, den Mörder auf die Idee zu bringen, dass sie ihn erwartete.

Welcher der beiden Männer würde ihr folgen, um sie und die angeblich dem Tode entronnene Johanna ein für alle Mal zu erledigen? Zwei Fliegen mit einer Klappe. Oder besser gesagt: zwei lästige Schnüfflerinnen mit einer Klappe. Diesem Angebot würde der Mörder hoffentlich nicht widerstehen können.

Sie wusste noch immer nicht, mit wem sie es zu tun bekommen würde. Mit Jakub oder mit Wilhelm? Einer von diesen beiden hatte Johanna Lempra ermordet, dessen war sie sich zu 99% sicher. Sie hatte die Liste der Verdächtigen so weit einschränken können, doch zwei mögliche Mörder waren einer zu viel. Abgesehen davon, dass sie nicht den Hauch eines Beweises hatte. Die Falle am Friedhof war also ihre einzige Chance.

Sie zog den Reißverschluss ihres Anoraks bis unter die

Nase zu und wickelte ihren Schal enger. Gott, war das kalt hier. Und dunkel. Am liebsten hätte sie auf der Stelle kehrtgemacht.

Eine Detektivin kennt keine Angst, sagte sie sich. Alle paar Schritte wiederholte sie den Satz, wie ein Mantra. Es klang kindisch, fast lächerlich. Wie aus einem B-Movie im Fernsehen, aber dennoch half es. Wenigstens ein bisschen.

Als sie den Friedhof erreichte, überwand sie ohne Mühe die halb verfallene Außenmauer und steuerte auf das ehemalige Häuschen des Friedhofswärters zu. Schon bei Tag hatte es gruselig ausgesehen, jetzt jedoch ...

Sie schluckte. *Einfach weitergehen, Penny. Einen Fuß vor den anderen. Und hör auf, dich ständig umzusehen!*

Vorsichtig zog sie die Tür auf, die ausgemergelt in den Angeln hing. Schloss war keines vorhanden, wozu auch? Hier gab es schon lange nichts mehr zu stehlen.

Kein schöner Ort, um zu sterben, ging es ihr durch den Kopf.

Oh Mann, Penny, sei doch bitte nicht so melodramatisch! Es wird schon alles gutgehen ...

Sie schloss die Tür so gut es ging hinter sich, und knipste nun doch ihr Handy-Licht an. Außerdem überprüfte sie, ob sie hier drinnen Telefonempfang hatte. Ja ... gut.

Sie befühlte – vermutlich zum hundertsten Mal in den letzten zehn Minuten – die Beule in ihrer Jackentasche. Ihre Gaspistole mit Pfeffermunition. Diese Waffe hatte sie sich erst vor einer Woche zugelegt. Jeder Erwachsene in Österreich durfte so ein Ding legal bei sich führen, auch ohne einen Waffenschein.

In ihrer Ausbildung an der Argus Akademie hatte Penny gelernt, wie äußerst effektiv Pfefferpatronen sein konnten.

Man tötete niemanden damit – was sie ohnedies nicht vorhatte – aber das Gas reizte Augen, Schleimhäute und Atemwege aufs Extremste. Damit ließ sich ein Gegner für eine gute halbe Stunde außer Gefecht setzen. Wenigstens hatte das der Ausbilder behauptet. Penny hoffte inständig, dass sie die Waffe nicht heute Nacht in der Praxis würde erproben müssen.

Jetzt hieß es nur noch: sich auf die Lauer legen und warten. Geduld haben. Sie zog sich in eine Ecke des Raums zurück, wo am wenigsten Schutt herumlag und löschte ihr Handy-Licht.

Sie hätte nicht sagen können, wieviel Zeit verging. Es fühlte sich nach Stunden an, aber vermutlich waren es nicht mehr als zehn Minuten.

Ein kaum wahrnehmbares Quietschen der Türangeln und etwas Mondlicht, das plötzlich in den Raum fiel, verrieten die Ankunft des Mörders.

Mit einer raschen Bewegung schaltete Penny ihr Handy wieder ein, trat ein paar Schritte vor und richtete das Licht auf den Neuankömmling – zusammen mit dem Lauf ihrer Gaspistole. "Keine Bewegung", sagte sie. Oder besser gesagt: sie krächzte es, denn ihr Mund fühlte sich schrecklich trocken an, und sie musste feststellen, dass sie ihre Stimmbänder kaum unter Kontrolle hatte. Abgesehen davon, dass "Keine Bewegung!" sich geradezu lächerlich nach einem Fernsehkrimi anhörte. Doch eine eloquentere Formulierung war ihr nicht eingefallen. Verdammt, darauf kam es jetzt auch wirklich nicht an!

Im Lichtkegel ihres Handys stand – Jakub! Er war bis unter die Nase in eine schmuddelige Felljacke eingemummt, und hielt eine Klinge in der Hand, die nach einem Küchenmesser aussah.

Die Falle war also zugeschnappt, genau wie Penny es geplant hatte! Der Hausmeister war ihr gefolgt, statt wie versprochen im Hotel auf sie zu warten. Er war gekommen, um sie und Johanna Lempra zu erledigen.

Sie fixierte ihn mit der Waffe. Jetzt musste sie ihn nur noch zum Reden bringen, damit das winzige Mikrofon, dass sie unter dem Kragen ihres Anoraks versteckt hatte, etwas aufzeichnen konnte. Sein Geständnis!

Jakub jedoch stand völlig reglos da – und sah zu Tode erschrocken aus. "Fräulein Küfer", stammelte er und starrte dabei geradewegs in den Lauf ihrer Pistole. "Was tun Sie denn? Ich bin es doch nur. Ich sorgte mich um Sie! Wo ist denn Frau Lempra?"

"Sie sorgten sich? Und das Messer in Ihrer Hand?"

"Ich komme doch nicht wehrlos hierher! Ich dachte, womöglich könnten Sie einen Beschützer brauchen."

Er sah in seiner zotteligen Jacke so winzig und hilflos aus, dass Penny beinahe das Bedürfnis überkam, *ihn* zu beschützen. Aber sie durfte sich nicht täuschen lassen, dieser Mann hatte Dutzende von Menschen auf seinem Gewissen!

"Wenn Sie die Wahrheit sagen, und das Messer wirklich nur zur Verteidigung dient, dann können Sie es jetzt ja weglegen, nicht wahr? Wie Sie sehen, droht hier niemandem eine Gefahr."

Jakub blickte sich um, zögerte einen Moment. "Ja, gut", sagte er dann, bückte sich und legte die Klinge ab. "Wo ist

Frau Lempra?", fragte er erneut, als er sich wieder aufrichtete.

Etwas stimmte hier nicht. War der Hausmeister ein so guter Schauspieler? Wollte er sie bloß in Sicherheit wiegen? Sie musterte ihn über den Lauf ihrer Gaspistole, die sie so fest umklammert hielt, dass ihre Handgelenke schmerzten. Doch Jakub stand nur ganz ruhig da und schien darauf zu warten, dass etwas geschah.

Da half nur *in medias res*, entschied Penny. Gleich zur Sache kommen, ihn konfrontieren, indem sie ihm den Mord auf den Kopf zusagte. Ihre Hände, die die Waffe umklammert hielten, waren schweißnass, trotz der eisigen Kälte in dem alten Gemäuer.

"Ich weiß, dass Sie Johanna getötet haben", begann sie. Ziemlich plump, aber etwas Besseres wollte ihr gerade nicht einfallen. Oh Mann, was war sie bloß für eine Detektivin? So etwas überlegte man sich doch im Vorhinein, damit man verdammt noch mal die passenden Worte bereit hatte, wenn es soweit war!

"Was, iiiich?", quiekte der Hausmeister. Er plusterte sich zu seiner vollen Größe auf. "Wie können Sie so etwas sagen, Fräulein Küfer! Sie wissen doch genau, dass –"

"Jakub ist unschuldig", durchschnitt plötzlich eine Männerstimme die Dunkelheit. Eine Stimme in Pennys Rücken – die sie erkannte, noch bevor sie herumgewirbelt war.

Wilhelm Lindner.

Sie war zu langsam. "Waffe fallen lassen", befahl er, noch bevor sie ihn überhaupt in den Fokus genommen hatte. Er selbst hielt eine Pistole in der Hand, die eindeutig keine Gaswaffe war.

Sieht nach einer Beretta aus, schoss es ihr durch den Kopf. Ganz toll, jetzt war ja genau der richtige Zeitpunkt für Waffenbestimmungsübungen.

"Fallen lassen, Frau Küfer", wiederholte Wilhelm mit betont ruhiger Stimme. Er sprach noch immer wie der nette ältere Herr, den sie im Hotel kennengelernt hatte – doch in seinen Augen lag eine Entschlossenheit, die ihr neu war. Die sie diesem stillen, freundlichen Mann niemals zugetraut hätte.

Sie verfluchte sich innerlich. Der Überraschungseffekt war auf seiner Seite. Statt auf ihrer, wie sie es geplant hatte. Sie hatte sich in den letzten Minuten so auf Jakub konzentriert, dass sie alles andere um sich herum ausgeblendet hatte. Da mussten Geräusche gewesen sein, als Wilhelm sich an sie heranschlich. Ein alter Mann war schließlich kein Panther. Und wie war er überhaupt hereingekommen? Besaß dieses baufällige Haus einen Hintereingang? War Wilhelm schon die ganze Zeit über hier gewesen und hatte auf der Lauer gelegen?

Wie auch immer, sie hatte keine Chance gegen ihn. Selbst wenn sie beide gleichzeitig ihre Waffen abfeuerten. Er würde schmerzliche Bekanntschaft mit einer Wolke Pfeffergas machen – sie jedoch würde ins Gras beißen. Verdammt noch mal.

Wie in Zeitlupe ging sie in die Knie und legte ihre Waffe am Boden ab.

"Sehr brav", kommentierte Wilhelm.

Jakub starrte ihn ungläubig an. "Was soll denn das, Herr Lindner?", fragte er. Anscheinend war er schwer von Begriff.

Wilhelm ignorierte ihn. "Nicht schlecht", sagte er stattdessen zu Penny. "Sie haben uns beide hierhergelockt, Jakub und mich? Waren wir zwei in der Endauswahl? Gar nicht übel die Idee, muss ich sagen. Sie sind eine kluge junge Frau. Aber Sie sollten sich nicht überschätzen. Andere Menschen sind auch nicht dumm. Konkret gesprochen: ich. Denken Sie wirklich, ich habe nicht mitbekommen, dass sie mich in die Falle locken wollten?"

Penny sagte nichts. Sie überlegte fieberhaft, was sie jetzt tun sollte. Wie konnte sie aus dieser Situation, in die sie sich da hineinmanövriert hatte, mit heiler Haut entrinnen? Sie brauchte eine Idee. Und das rasch.

"Sie haben Johannas Handschrift gut gefälscht", sagte Wilhelm. "In dem Brief, mit dem Sie mich ködern wollten. Den sie Ihnen angeblich geschrieben hat. Sie haben kreatives Talent und in Johannas Archiv stand Ihnen ja genügend Textmaterial als Muster zur Verfügung. Aber ich *kenne* Johannas Handschrift. Wir schrieben uns Briefe, unser ganzes Leben lang." Er verstummte, legte eine Pause ein, in der er seinen Gedanken nachzuhängen schien.

"Sie konnten mir nichts vormachen", sagte er dann. "Mit dieser albernen Geschichte, dass Irmi heimlich ein Videogeständnis des Mörders aufzeichnete – das Johanna sich dann angeeignet haben soll."

Er schüttelte den Kopf. "Johanna ist tot." Seine Stimme klang plötzlich belegt, nicht mehr so selbstsicher wie eben noch. "Davon habe ich mich höchstpersönlich überzeugt, am Fuß der Treppe, in jener unsäglichen Nacht. Auch wenn ich ihren Tod nicht wollte. Ihren im Übrigen auch nicht, Frau Küfer, auch wenn Sie mir verzeihen müssen, dass es mir diesmal viel leichter fällt. Johanna habe ich geliebt. Sie hingegen sind nur eine Fremde, die zu neugierig für Ihr eigenes Wohl ist."

"Das höre ich öfters", brummte Penny. Noch immer ratterten ihre Gedanken, drehten sich im Kreis. *Einen Ausweg! Jetzt sofort!* Verdammt noch mal, da war nichts als Leere in ihrem Kopf. Sie war sowas von geliefert.

"Ich dachte, ich nutze die Gelegenheit heute Nacht trotzdem, Falle oder nicht", sagte Wilhelm. "Sie ließen mir ja keine andere Wahl. Was hätten Sie denn getan, wenn ich nicht hier aufgetaucht wäre? Vermutlich wären Sie am Ende doch zur Polizei gelaufen. Auch wenn man dort nicht gerade interessiert ist, an den Theorien von Amateurschnüfflern. Sie sind nicht der Typ, der ein Nein akzeptiert, Frau Küfer. Jedenfalls schätze ich Sie so ein."

"Da haben Sie verdammt recht", sagte Penny.

"Miriam kam mit der hübschen kleinen Beobachtung zu mir, die Sie in Johannas Tagebüchern gemacht haben. Noch gestern Abend. Sie hat mir alles brühwarm erzählt. Sie haben das arme Kind sehr aufgebracht, damit, dass Sie Johanna der Selbstjustiz bezichtigten! Und das war mir dann doch ein wenig zu nah an der Wahrheit. Das werden Sie bestimmt verstehen. Somit haben Sie mich leider zum Handeln gezwungen."

"Ich habe schnell kapiert, dass es nicht Johanna war, die Selbstjustiz übte, das können Sie mir glauben", sagte Penny.

"Ja, schon möglich. Und dann war natürlich ich der nächstbeste Kandidat, was? Oder unser geschätzter Hausmeister." Er warf einen Seitenblick auf Jakub, der starr wie eine Salzsäule neben ihnen stand. "War wohl nicht sehr schwer für

Sie, den Täterkreis auf uns beide einzuschränken, hm? Ich hoffe, Sie halten das nicht für eine detektivische Glanzleistung. Ich meine, viele Möglichkeiten gab es ja nicht. Irmi ist tot, und Herr Keyser, unser schneidiger Abenteurer, wohnt nicht lange genug im Hotel. Er konnte es nicht gewesen sein, der seit Jahren für Gerechtigkeit sorgte, unter dem Verbrecherpack, das Johanna entlarvte. Das gleiche gilt für Christiane Wittmann, die Ihnen anfangs so vielversprechend erschien, nicht wahr? Beides nur Gäste der jüngeren Vergangenheit."

"Das ist wahr", sagte Penny. "Es war kein Geniestreich nötig, um am Ende auf Jakub oder Sie zu kommen, als einzig mögliche Täter. Und es ist auch richtig, dass ich zur Polizei gegangen wäre, wenn Sie heute Nacht nicht aufgetaucht wären. Glauben Sie mir, ich hätte schon erreicht, dass man mir zuhört. Ich kann ziemlich hartnäckig sein, wenn es drauf ankommt. Die Sterberate unter Johannas Mörderbande ist viel zu hoch, um an einen Zufall zu glauben. Oder an göttliche Gerechtigkeit. Keine Ahnung, warum das Johanna selbst nicht schon viel früher aufgefallen ist."

"Sie war ein sehr gläubiger Mensch", sagte Wilhelm. "Und ständig mit Todesfällen befasst. Aber am Ende bemerkte sie es natürlich doch ..."

"Das habe ich mir gedacht", sagte Penny. "Deswegen musste sie sterben ... Aber selbst, wenn Sie jetzt noch zwei Morde begehen, werden Sie nicht davonkommen, Herr Lindner! Diesmal wird es nicht als Unfall durchgehen. Man wird eine Untersuchung anstellen, und dann sieht man sich bestimmt auch mal Johannas Tagebücher näher an. Miriam weiß jetzt von der Selbstjustiz. Sie wird darüber nicht schweigen, wenn mir heute Nacht etwas zustößt."

"Schon möglich", sagte Wilhelm. Er klang müde und resigniert. "Aber das muss ich wohl riskieren. Das sehen Sie doch bestimmt ein. Ich kann Sie nicht einfach gehen lassen, tut mir ehrlich leid."

Penny glaubte ihm beinahe. Er wirkte aufrichtig betrübt. Er mordete nicht aus Lust, sondern aus Notwendigkeit. Zumindest aus seiner Perspektive. Bloß half ihr das nicht das Geringste.

Wilhelm hob den Lauf seiner Pistole an. "Das wars dann wohl", sagte er. "Wir haben alles besprochen, nicht wahr? Ich werde davon absehen, Ihnen jetzt lang und breit darzulegen, warum ich getan habe, was ich tun musste – während Sie sich einen Fluchtplan zurechtlegen. Ich bin niemandem Rechenschaft schuldig. Nicht einmal Johanna, die ich doch über alles geliebt habe, wollte mich verstehen."

"Du bist *mir* Rechenschaft schuldig", sagte eine Frauenstimme hinter ihnen.

23.

Penny wirbelte herum. Dem vor Furcht erstarrten Hausmeister entfuhr ein kleiner Schrei.

Es war Miriam, die hinter ihnen die baufällige Treppe aus dem ersten Stock herabgestiegen kam. In der Hand hielt sie einen Revolver, der aussah, als hätte er bereits den Zweiten Weltkrieg miterlebt.

Der sicherste Platz ist vor der Waffe. Diese Worte der Ausbilderin beim Schießkurs hatten eigentlich Penny gegolten – aber so stark wie Miriams Hände zitterten, war es um ihre Zielgenauigkeit bestimmt nicht besser bestellt. Am Ende würde sie noch einen von Ihnen erschießen, gänzlich unabsichtlich. Wenn nicht zuvor die halb vermoderte Treppe unter ihrem Gewicht zusammenbrach.

"Was zum Teufel tust du hier?", zischte Penny ihrer jungen Klientin zu.

Miriam mühte sich redlich, die Waffe in ihren Händen zu stabilisieren. "Ich wollte Großmutter beistehen", rief sie trotzig. "Und dir! Ich wollte einmal im Leben kein Feigling sein! Ich habe euch belauscht, dich und ihn hier –" Sie warf Wilhelm einen abfälligen Blick zu. Anscheinend war es ihr entgangen, dass er seine Pistole nun auf sie gerichtet hatte, und dass seine Hände im Gegensatz zu den ihrigen kein bisschen zitterten.

"Belauscht?", fragte er verwundert.

"Bei eurem Gespräch im Frühstücksraum heute Morgen!

Ihr dachtet wohl, dass ihr ungestört seid – aber ich war in der Küche. Und die Tür war nur angelehnt. Ich habe mich still verhalten, als mir bewusst wurde, worüber ihr da geredet habt."

Penny stöhnte innerlich auf. Schon wieder war ihr ein Kardinalfehler unterlaufen. Sie hätte sich vergewissern müssen, ob sie und Wilhelm wirklich allein waren! Jetzt hatte sie Miriam auch noch in die Sache hineingezogen – und würde ihre Klientin vermutlich innerhalb der nächsten fünf Minuten auf dem Gewissen haben. Denn jetzt musste Wilhelm sie auch noch töten, wenn er davonkommen wollte.

"Ist das Johannas Revolver?", fragte er sie. "Lass ihn fallen, Miriam, du kannst doch damit gar nicht umgehen!"

"Doch das kann ich", widersprach sie. Ihre Stimme war kaum mehr als ein Flüstern, aber sie reckte entschlossen die Kinnlade vor. "Und im Gegensatz zu Oma habe ich sogar einen Waffenschein. Frag Penny!"

Penny nickte energisch. Obwohl sie sich keinerlei Illusionen darüber hingab, wer ein etwaiges Schießduell zwischen Miriam und Wilhelm für sich entscheiden würde. Wenn Miriam wirklich den Mut zum Abdrücken aufbrachte, würde sie sich allerhöchstens in den eigenen Fuß schießen. Oder Penny, beziehungsweise Jakub, erledigen.

"Kein Wunder, dass sich Großmutter mit ihrem Brief an dich wandte, Penny", sagte Miriam jetzt. "Dass sie dich um Hilfe bat. Statt mich, ihre eigene Enkelin! Sie weiß, wie feige ich bin! Aber wo ist sie überhaupt? Sie ist doch nicht wirklich tot, wie Willi eben behauptet hat, oder?" Sie warf Penny einen flehentlichen Blick zu.

"Doch, das ist sie", sagte Wilhelm, bevor Penny etwas

erwidern konnte. "Frau Küfer hat gelogen, sie hat die ganze Geschichte nur erfunden, um mich in die Falle zu locken."

"Das ist nicht wahr!", rief Miriam. Sie taumelte die letzte Treppenstufe herab, als habe Wilhelm sie geschlagen. "Sag mir, dass das nicht wahr ist, Penny!"

Penny erwiderte nichts. Jetzt war wirklich nicht der Zeitpunkt für langwierige Erklärungen. Die Lüge über Johanna Lempras Weiterleben hatte ihren Zweck erfüllt. Der Mörder war ihr in die Falle gegangen. Nur dass er das alte Friedhofswärterhaus wohl als einziger lebend verlassen würde.

In diesem Moment registrierte sie, dass bei Miriams Revolver noch nicht einmal der Hahn gespannt war. Was bedeute, dass Miriam mit ihrem Finger am Abzug einen enormen Druck aufbringen musste, wenn sie die Waffe in diesem Zustand abfeuern wollte. Was hatte die Ausbilderin noch einmal gesagt? 8.5 Kilogramm erforderlicher Druck, für den durchschnittlichen Revolver?

Penny hatte diese Kraft nicht besessen, bei den Schießübungen. Ihre Klientin hingegen, die seit vielen Jahren Kellnerin war, verfügte hoffentlich über eine kräftiger ausgeprägte Handmuskulatur. Aber Penny zweifelte ohnedies daran, dass sie wirklich abdrücken würde.

Miriam trug wieder dieses Armband, das sie schon beim Waffenkurs getragen hatte. Die bunten Steine, die Kunststoffperlen, die wie Kaugummikugeln aussahen, und die silbernen Eulen und Delphine tanzten und schaukelten an der Kette, weil Miriams Hand so stark zitterte. Noch schlimmer als damals im Kurs.

Damals ... Es war erst wenige Tage her.

In diesem Augenblick explodierte ein Gedanke in Pennys

adrenalindurchflutetem Gehirn. Einer, der ihr nicht das Geringste nützte, in der aussichtlosen Situation, in der sie sich gerade befand. Ja, der noch nicht mal etwas mit dem Mord an Johanna Lempra zu tun hatte.

Miriams rätselhafte Erbschaft! Darum ging es.

Du wirst nie wieder eine Bettlerin sein. Das hatte Johanna ihrer Enkelin in ihrem Brief versprochen. Wenn Miriam aus der Vergangenheit lernte, wie die alte Meisterschnüfflerin das ausgedrückt hatte.

Die Lösung des Rätsels, das Johanna ihrer Enkelin gestellt hatte, war gerissen, genial einfach und zugleich vollkommen verrückt. Die Erkenntnis stand Penny jetzt so klar vor Augen, als habe sich quer durch die Düsternis des alten Friedhofswärterhäuschens eine Kinoleinwand aufgespannt. 3D und IMAX Format.

Nur dass Miriam niemals in den Genuss ihrer Erbschaft kommen würde, wenn nicht innerhalb der nächsten paar Minuten ein Wunder geschah.

Wilhelm hielt noch immer seine Pistole auf Miriam gerichtet. Die beiden standen sich in ein paar Metern Entfernung gegenüber und blickten sich in die Augen. Wie zwei Duellanten. Wilhelms Hand am Abzug war völlig ruhig, aber in seinem Gesicht lag nicht mehr jene grimmige Entschlossenheit, die er vorhin an den Tag gelegt hatte. Bevor Miriam aufgetaucht war.

"Lass die Waffe fallen, Kind", wiederholte er. In seiner Stimme lag echte Sorge. Echte Zuneigung. "Ich will dich nicht auch noch verlieren."

Miriam rührte sich nicht von der Stelle. In ihren Augen spiegelte sich eine Mischung aus Enttäuschung, Hass und

Angst.

Penny und Jakub standen absolut wehrlos daneben. Als wären sie nur unbeteiligte Zuseher. Aber das waren sie nicht. *Wir werden hier alle sterben, wenn dir nicht auf der Stelle etwas einfällt, Penny! Los, denk nach!*

Fieberhaft durchsuchte sie ihr Gedächtnis nach Lehrstoff aus dem Detektivkurs, der ihr jetzt und hier das Leben retten konnte.

Aber da war nichts. Die Situation, in die sie sich hineinmanövriert hatte – und das noch gleich mitsamt ihrer Klientin! – stand schlicht und einfach nicht auf dem Lehrplan. "Berufsdetektive lösen keine Mordfälle wie in Fernsehkrimis", hatte ihnen ihr Ausbilder zu Beginn des Kurses versichert. "Das Gefährlichste, das euch in eurer Laufbahn unterkommen wird, ist eine Ehefrau, der ihr beibringen müsst, dass ihr Mann sie betrügt."

Von wegen. Der Lehrplan brauchte dringend ein Update!

Doch plötzlich tauchte doch noch etwas auf, in Pennys heiß gelaufenem Gehirn. Es war nur ein einzelner Satz, den der Leiter der Argus Akademie, ein ehemaliger Polizist, einmal zu ihr gesagt hatte. Nicht im Kurs, sondern in einer Pause – als er von einer besonders gefährlichen Situation in seinem früheren Job erzählte. *Wenn dir deine Pistole abgenommen wurde, so bleibt dir noch immer die überragendste aller Waffen: Die Macht der Worte.*

Das hatte eher nach einem Zen-Meister als nach einem Ex-Bullen geklungen. Aber immerhin ein schönes Zitat. Ob es sich in der Praxis bewähren konnte?

Penny war keine geübte Rednerin, obwohl ihr gewisse Leute nachsagten, dass sie eine Zunge wie ein Schwert besaß. Und dass sie oftmals zu viel quasselte. Pah.

"Wilhelm, hören Sie mir bitte zu", begann sie zögerlich. Dabei sprach sie ihn bewusst mit dem Vornamen an. *Vertrauen aufbauen*, wie es in der Kriminalpsychologie so schön hieß. "Sie sind kein kaltblütiger Killer. Sie haben doch all diese Mörder gerichtet, die Johanna entlarvt hat, nicht wahr? Gerechtigkeit ist Ihnen wichtig. Sie haben höchste moralische Ansprüche, doch bestimmt auch an sich selbst!"

In den besagten Fernsehkrimis funktionierte dieser Appell ans Gewissen manchmal. Aber wie sah es im wahren Leben damit aus?

Weiterreden, Penny. Wilhelm schien ihr zuzuhören. Zumindest sah er sie an. Anstatt seine Pistole abzufeuern.

Bemüht, sich ihre Anspannung nicht anmerken zu lassen, fuhr sie fort: "Selbst wenn Sie mit dem Mord an Johanna davonkommen – Sie werden mit dieser Tat nicht leben können. Nicht auf Dauer. Das ist Ihnen doch bestimmt schon klar geworden, oder? Sie haben nicht irgendwen getötet, sondern die Liebe Ihres Lebens."

Bei diesen Worten senkte der alte Mann seinen Blick. Er blinzelte. Schluckte schwer. Nur der Lauf seiner Waffe bewegte sich keinen Millimeter.

Penny sprach weiter. Langsam und so eindringlich sie konnte: "Die Liebe ist das Wichtigste im Leben. Das haben Sie selbst zu mir gesagt. Sie erinnern sich bestimmt, es ist erst wenige Tage her. Die Liebe – und die Familie. Nicht wahr? Sie werden jetzt nicht auch noch Miriam töten, das weiß ich einfach. Sie lieben sie wie die Tochter, die Sie sich immer gewünscht haben. Auch das haben Sie mir selbst gesagt."

Aus dem Augenwinkel musste Penny feststellen, dass Miriam bei diesen Worten Tränen in die Augen schossen. Und dass sie, wie in Zeitlupe, den Lauf ihres Revolvers sinken ließ. *Ach du lieber Himmel!*

Doch dann reagierte auch Wilhelm. Ob auf Pennys Worte oder auf Miriams Gefühlsausbruch, das wussten die Götter. Das Einzige, was zählte, war, dass er ebenfalls die Waffe sinken ließ. Zögerlich, noch langsamer als Miriam, aber immerhin.

Schließlich hingen seine Arme nur noch schlaff herab, wie bei einer ausrangierten Kleiderpuppe. Ein gequälter Laut entfuhr ihm, dann knickte der alte Mann plötzlich in den Knien ein – und ging zu Boden.

Der Kopf sackte ihm auf die Brust, als wäre er zu schwer geworden, um ihn noch länger aufrecht zu halten. Und dann endlich ließ Wilhelm die Waffe los. Sie entglitt seiner Hand und kam neben ihm auf dem Boden zu liegen.

Vorsichtig machte Penny einen Schritt auf ihn zu.

Er reagierte nicht. Er schluchzte jetzt unkontrolliert und begrub sein Gesicht in den Händen. Was um ihn herum geschah, schien er gar nicht mehr wahrzunehmen.

Penny setzte vorsichtig einen Fuß vor den anderen. Sie erreichte die Stelle, wo die Waffe lag, bückte sich danach und hob sie auf. Geschafft!

Sie entfernte sich rasch ein paar Schritte und richtete die Beretta nun ihrerseits auf Wilhelm. Doch von dem Mann, der über Jahrzehnte gemordet hatte, schien jetzt keine Gefahr mehr auszugehen. Er war nur noch ein verzweifelter Greis, der bitterlich weinte.

24.

"Stehen Sie auf", sagte Penny, bereits zum dritten Mal. "Lassen Sie uns von hier verschwinden!"

Doch Wilhelm Lindner nahm keine Notiz von ihr. Noch immer kauerte er in sich zusammengesunken auf dem Fußboden des alten Friedhofswärterhäuschens.

Sein Blick hing an Miriam – und plötzlich begann er wieder zu sprechen. "Ich habe es für Johanna getan", sagte er mit brüchiger Stimme. "Jemand musste sich doch um dieses Verbrecherpack kümmern, das sie entlarvt hat. Und auf die Polizei konnte man nicht zählen. Die haben deine Großmutter einfach nicht ernst genommen!"

Miriam wandte den Kopf ab. Sie saß auf der untersten Stufe der halb vermoderten Treppe, und Jakub, der endlich aus seiner Starre erwacht war, hatte sich neben sie gekauert. Zusammen gaben sie ein Bild ab, das selbst ein Herz aus Stein gerührt hätte. Aufgewühlt, verängstigt, wie gelähmt vor Schock.

"Denkst du, es fiel mir leicht?", flehte Wilhelm. Er streckte Miriam seine Hände entgegen, ließ sie aber im nächsten Moment schon wieder sinken. "Ich bin kein brutaler, aggressiver Mensch, bei Gott nicht!", beteuerte er. "Aber man hat doch eine gesellschaftliche Verantwortung, eine moralische Verpflichtung! Man kann doch nicht einfach dabei zusehen, wie diese Mörder und Verbrecher straflos davonkommen. Und sich das nächste Opfer suchen!"

Miriam wischte sich die Tränen aus den Augenwinkeln, doch es bildeten sich sogleich wieder neue.

"Ich habe es für Johanna getan!", wiederholte Wilhelm im Ton der Verzweiflung. "Ich wollte ihr Held sein! Damit sie ihre Hände in Unschuld waschen konnte. Ich hätte alles für sie getan, um den Fehler meines Lebens wiedergutzumachen. Dass ich sie verschmäht habe ... damals, als wir jung waren, und sie mich liebte."

"Johanna hätte niemals gewollt, dass Sie zum Mörder werden", schaltete Penny sich ein. "Ganz egal aus welchem Grund!"

Er schüttelte heftig den Kopf. "Sie hat mich nicht verstanden, das ist wahr. Als sie herausgefunden hat, was ich getan habe – für sie! – da hat sie sich von mir abgewandt."

"Sie hatte Sie schon einige Zeit in Verdacht, denke ich", sagte Penny. "Schon bei den letzten paar Fällen. Und in ihrem Unterbewusstsein vielleicht sogar noch viel länger. Vermutlich wollte sie die Wahrheit gar nicht sehen, weil sie zu schrecklich war. Der Mann, den sie liebte ... ein Massenmörder! Sonst hätte sie es vermutlich schon vor Jahren herausgefunden, egal wie sehr sie an die göttliche Gerechtigkeit glaubte. Immerhin war sie eine Meisterin ihres Fachs."

Sie erhielt keine Antwort. Was sie nicht weiter überraschte. "Wie auch immer", fuhr sie fort. "Jedenfalls hat Johanna diesen Verdacht in ihren letzten Tagebüchern festgehalten, nicht wahr? Davon mussten Sie ausgehen, Sie kannten ja ihre Gewohnheit, über ihre Fälle Buch zu führen. Auch wenn Sie das Archiv nie selbst betreten haben, zu Johannas Lebzeiten. Bei der ersten Gelegenheit, die sich nach ihrer Ermordung bot, haben Sie diesen Einbruch inszeniert

– um die Passagen zu tilgen, die Ihnen gefährlich werden konnten. Es war nur dumm von Ihnen, die Seiten über Christiane Wittmann stehen zu lassen. Damit haben Sie doch ihre Unschuld bekräftigt, anstatt sie verdächtig zu machen!"

Wilhelm ignorierte sie, er sprach erneut Miriam an. Ihm schien nichts mehr wichtig zu sein – nur, dass wenigstens sie ihn verstand. "Wir führten endlose Gespräche, deine Großmutter und ich. Nachdem Sie mich zur Rede gestellt hatte. Sie beharrte darauf, dass ich zur Polizei gehe und mich stelle. Sie drängte mich, jeden Tag mehr. Ich aber hoffte, dass sie es einsehen würde. Ich habe dieses Mörderpack doch um ihretwillen gerichtet! Ich habe der Gesellschaft einen Dienst erwiesen."

"Sie haben Johanna getötet", warf Penny ein. "Sie sind selbst nicht besser als all die Männer und Frauen, die Sie gerichtet haben!"

Wilhelm entfuhr ein gequälter Laut. "Ich wollte sie doch nicht töten. Ich habe sie geliebt! Aber sie wartete auf mich in meinem Zimmer, in jener Nacht, als ich nach Hause kam –"

"In jener Nacht, in der Sie Christiane Wittmann getötet haben, nicht wahr? Sie war das jüngste Opfer Ihres Gerechtigkeitswahns. Sie kehrten ins Hotel zurück, nachdem Sie ihre Leiche verschwinden ließen, nehme ich an. Und Johanna konfrontierte Sie. Ihre Geduld mit Ihnen war wohl am Ende, nachdem Sie erneut zum Mörder geworden waren."

"Christiane war eine kaltblütige Giftmischerin! Sie hat ihren eigenen Ehemann getötet. Und ihren Schwiegersohn! Und sie verspürte nicht die geringste Reue für ihre Taten. Ja, sie brüstete sich sogar noch damit, als Johanna sie zur Rede stellte. Hätte ich zulassen sollen, dass diese Hexe den nächsten arglosen Mann heiratet? Nur um ihn dann abzumurksen, sobald er sich irgendeinen Fehltritt erlaubt?"

"Wie haben Sie sie getötet?"

"Vergiftet natürlich. Auge um Auge, Zahn um Zahn."

"Und wo haben Sie die Leiche verscharrt?"

Auf diese Frage gab Wilhelm keine Antwort. "Johanna sah den Schmutz an meinen Schuhen", sagte er stattdessen. "Als ich in jener Nacht heimkam. Da war auch etwas Erde an meinem Hemd, das hatte ich übersehen. Aber sie wusste ohnehin längst Bescheid. Sie sagte mir auf den Kopf zu, dass ich Christiane getötet hatte. Sie nannte mich einen Psychopathen, einen gemeingefährlichen Massenmörder, und sie bestand darauf, dass ich mich noch in dieser Nacht der Polizei stelle. Wir haben fürchterlich gestritten. Schließlich lief sie aus dem Zimmer, wollte zum Telefon, um selbst die Polizei zu rufen –" Er brach ab. Seine Schultern bebten. Er schlug die Augen nieder.

"Sie folgten ihr", sagte Penny an seiner Stelle. Sie holten sie ein, oben an der Treppe, nicht wahr? Und dann gaben Sie ihr einen Stoß. Es war Mord. Gestehen Sie es sich ein."

"Nein, das ist nicht wahr!", heulte Wilhelm auf.

"Und Irmi haben Sie ebenfalls auf dem Gewissen", fuhr Penny unbeirrt fort.

Miriam sprang von ihrer Treppenstufe auf und presste sich die Hände gegen die Ohren. "Hört auf!", rief sie, ihre Stimme gefährlich nahe an der Hysterie. "Bitte! Ich ertrage es nicht mehr!"

Die letzten Stunden waren einfach zu viel für sie, dachte Penny – und sie konnte es ihr nicht verdenken. Sie selbst hätte auch nichts lieber getan, als schreiend das Weite zu suchen. Aber das kam natürlich nicht in Frage.

Ohne Wilhelm aus den Augen zu lassen, der noch immer auf dem Fußboden kniete, ging sie zu Miriam hinüber und legte ihr den freien Arm um die Schultern. Ihre Klientin, die am ganzen Körper zitterte, schmiegte sich schutzsuchend an sie.

Mit der anderen Hand hielt Penny noch immer Wilhelms Pistole umklammert. Es war nicht mehr damit zu rechnen, dass er jetzt noch auf sie losging, aber sie durfte nicht noch einmal den Fehler begehen, unachtsam zu sein. Bei der kleinsten falschen Bewegung des alten Mannes würde sie schießen. Und treffen – ganz egal, was ihre Ausbilderin beim Waffenkurs über sie gesagt hatte. Der sicherste Platz war nicht vor ihrer Waffe, sondern dahinter, verdammt noch mal!

Sie musste das hier zu Ende bringen, so sehr sie sich selbst danach sehnte, Wilhelm endlich der Polizei zu übergeben und für die nächsten zwei Wochen unter der Bettdecke zu verschwinden. Erst noch das vollständige Geständnis aus ihm herausholen und es mit ihrem Mini-Mikrofon aufzeichnen. Wer weiß, was er später alles leugnen würde, wenn er sich emotional erst wieder im Griff hatte.

"Warum haben Sie Irmi getötet?", richtete sie also noch einmal das Wort an ihn, während sie Miriams zitternden Körper an sich drückte.

Auch Wilhelm wirkte erschöpft, doch auch er schien die Sache zu Ende bringen zu wollen. Hoffte er noch immer darauf, dass wenigstens Miriam ihn verstehen würde? Oder wollte er sich seine Taten bloß noch von der Seele reden?

"Sie stand plötzlich da, am Fuß meines Bettes", sagte er. "Sie riss mich aus dem Schlaf, mit einer Bewegung oder einem Geräusch, das sie verursachte. Im ersten Moment dachte ich wirklich, es wäre Johanna – die gekommen war, um mich anzuklagen. Natürlich glaube ich nicht an Geister oder ähnlichen Unsinn. Aber ich war im Halbschlaf und nicht bei klarem Verstand."

"Ja, und weiter?", ermunterte Penny ihn.

"Ich flehte sie an, mir zu verzeihen. Schwor ihr, dass ich ihren Tod nicht gewollt habe. Dann trafen sich unsere Blicke – und ich erkannte, dass es gar nicht Johanna war, die da vor mir stand. Obwohl sie die Brille trug, die ich so gut kannte. Die Augen, der Blick, das war falsch, selbst im Halbdunkel. Vielleicht auch die Stimme, obwohl Irmi die wirklich gut imitierte."

"Wie haben Sie sie ermordet?", fragte Penny weiter.

"Das habe ich nicht!", protestiere Wilhelm. "Es war ein Unfall – wie die Polizei schon festgestellt hat. Ich sprang aus dem Bett, als mir klar wurde, dass ich keinen Geist vor mir hatte. Dass es nicht Johanna war, die mich in meinen Träumen verfolgte. Da ergriff Irmi die Flucht. Sie lief auf den Gang hinaus, und ich ihr hinterher. Sie war eine sehr sportliche Frau, und ich bin ein alter Mann. Aber doch noch nicht so klapprig, dass sie mich sofort hätte abschütteln können. Ich blieb ihr auf den Fersen, sie rannte immer weiter, bis in einen der stillgelegten Seitenflügel des Hotels. Sie muss erkannt haben, dass ich mich nicht abschütteln ließ, deswegen bog sie in eines der alten Gästezimmer ab, stürmte auf den Balkon hinaus – und wollte die Regenrinne hinunterklettern."

"... die sich dabei aus der Verankerung löste."

"Ja, genau! Es war nicht meine Schuld. Dieser alte Kasten ist einfach schrecklich baufällig. Es war ein Unfall!"

"Wie bequem für Sie", sagte Penny. "Wenn Sie Irmi eingeholt hätten, bevor sie abstürzte, so hätte sie das bestimmt ebenso wenig überlebt. Da bin ich mir sicher. Aber so war es natürlich viel besser. Keine Probleme mit der Polizei."

25.

Mittwoch, 13. Februar

Früh am nächsten Morgen saßen Penny und Miriam gemeinsam im Frühstücksraum und tranken Kaffee. Nur sie beide. Ausnahmsweise wuselte die junge Hotelchefin einmal nicht wie eine fleißige Arbeitsbiene herum, um Gäste zu bedienen, sondern hatte einen dampfenden Becher im XL-Format vor sich stehen, an dem sie sich die Hände wärmte. Unter ihren Augen hatten sich tiefe dunkle Ringe eingegraben, aber sie schaffte es dennoch, Penny ein schmales Lächeln zu schenken. "Ich bin dir so dankbar", sagte sie, bestimmt schon zum fünften Mal in der letzten halben Stunde.

Penny konnte kaum noch die Augen offenhalten. Sie war noch nicht zum Schlafen gekommen, und ihre Hände und Füße schmerzten von der Kälte der endlosen Nacht, die hinter ihr lag. Oder vielleicht auch vom Schock, der ihr noch in den Gliedern saß. Der Frühstücksraum wirkte leer und verlassen ohne die anderen Gäste. Ein echter Lost Place.

Sie hatten Wilhelm der Polizei übergeben, noch auf dem Friedhof. Diesmal hatte Penny keine Mühe gehabt, die Beamten zum Einsatz zu bewegen. Sie hatte den Notruf gewählt und dem Diensthabenden das Geständnis eines Mörders versprochen, bestätigt durch Augenzeugen und eine Tonaufnahme. Innerhalb von fünfzehn Minuten waren zwei Einsatzwagen vor Ort gewesen.

Wilhelm hatte sich seiner Verhaftung nicht widersetzt. Als er in eines der Polizeiautos verfrachtet wurde, warf er Miriam noch einen letzten flehenden Blick zu – den sie nicht erwiderte.

Penny kehrte mit Miriam und Jakub im anderen Polizeiwagen ins Hotel zurück, wo man ihnen erste Fragen stellte. Detailliertere Aussagen würden sie wohl heute im Lauf des Tages machen müssen.

Nachdem die Polizei das Hotel verlassen hatte, verschwand Jakub sofort in seinem Zimmer. Wortlos. Vermutlich war er bedrückt, weil er sich nicht gerade als der furchtlose Detektiv und Beschützer der Frauen hatte beweisen können, der er wohl gern gewesen wäre.

Theo war bis jetzt nicht aufgetaucht – was Penny verwunderte. Wie es aussah, hatte Miriam ihren Verlobten nicht angerufen, was doch nur natürlich gewesen wäre, nach all den traumatischen Erlebnissen der Nacht. Vielleicht war das Ende dieser Beziehung wirklich bereits abzusehen.

Und Armin? Der hatte in den letzten Stunden ebenfalls durch Abwesenheit geglänzt. Vielleicht pirschte er wieder einmal irgendwo draußen herum, weil die Nacht die beste Zeit war, um Lost Places zu fotografieren, wie er behauptete. Oder er war noch immer auf der Suche nach den Diamanten.

"Wie hast du es angestellt?", fragte Miriam plötzlich. "Wie bist du draufgekommen, dass entweder Jakub oder Willi Omas Mörder sein mussten?" Sie klammerte sich noch immer an ihrer Kaffeetasse fest, doch in ihren Augen lag jetzt ein Anflug von Neugier.

"Ach", sagte Penny. "Ich tappte ganz schön lange im

Dunkeln. Es war alles so verwirrend, und das, obwohl es doch gar nicht so viele Verdächtige gab. Erst die Tagebücher deiner Oma brachten mich auf die richtige Spur. Als ich entdeckte, dass die Mörder viel zu häufig verschwanden, tödlich erkrankten oder seltsame Unfälle hatten, da wurde mir klar, dass irgendjemand die Gerechtigkeit in die eigenen Hände genommen hat. Deine Großmutter selbst kam dafür aber eher nicht in Betracht. Das vertrug sich nicht mit den frommen Andachtsbildern, die sie in die Bücher klebte, fand ich. Außerdem ... na ja, selbst Morde zu begehen, egal aus welchem Grund, das passt einfach nicht zu einer Detektivin. So etwas würde ich nie tun. Obwohl ich mich natürlich nicht mit deiner Oma vergleichen will. Ich bin noch lange nicht so ein Profi, wie sie einer war."

Sie griff nach ihrer Kaffeetasse und trank einen wärmenden Schluck. "Und außerdem war da noch der Einbruch ins Archiv. Die Sache mit den Seiten, die aus mehreren Notizbüchern gerissen wurden. Das Muster passte zu wiederholten Fällen von Selbstjustiz an den Mördern. Wenn es bloß um einen einzelnen Fall in der Vergangenheit gegangen wäre, so hätte der Einbrecher, der die Tagebücher verwüstet hat, nur aus einem einzigen Band Seiten entfernt. Wie uns Wilhelm bestätigt hat, verdächtigte deine Großmutter ihn schon eine ganze Weile, und das hat sie wohl auch in ihren Büchern festgehalten."

"Bis sie ihn bei der Ermordung von Christiane Wittmann in flagranti ertappte. Na ja, beinahe."

Penny nickte. "Ich kam außerdem auf Wilhelm oder Jakub als Hauptverdächtige, weil es einem Außenstehenden nicht so leicht gelungen wäre, deine Oma zu ermorden. Johannas

Fehler war, dass sie ihrem Mörder wohl einfach nicht zutraute, dass er ihr etwas antun würde. Sonst wäre sie auf der Hut gewesen."

Miriam nickte wortlos.

"Armin kam also nicht in Frage", sagte Penny. "Den hat deine Oma nicht lang genug gekannt." Und der Verdacht, dass sein Interesse nicht Miriam galt, sondern etwas ganz anderem, war nicht aus Johannas Tagebuch getilgt worden. Was Armin zweifellos getan hätte, wenn er der Einbrecher gewesen wäre. Dieses Indiz ließ Penny Miriam gegenüber jedoch unerwähnt.

"Deinem Theo hätte Johanna bestimmt auch nicht leichtfertig den Rücken zugewandt", fuhr sie fort. "Ich denke, sie mochte ihn nicht besonders. Außerdem hatte er ein Alibi für den Einbruch, denn in der fraglichen Nacht war er ja mit dir unterwegs."

Noch mehr wortloses Nicken von Miriam.

"Irmi wäre meine Hauptverdächtige gewesen, was die Selbstjustiz anbelangt, muss ich gestehen. Sie hatte eine, na, sagen wir, sehr biblische Auffassung von Gerechtigkeit. Aber dann –"

"– wurde sie selbst ermordet", ergänzte Miriam düster.

"Richtig. Blieb noch Christiane Wittmann. Von der wussten wir schon, dass sie zu einem Mord fähig war – aber sie war nicht diejenige, die im Hotel eingebrochen ist und die Seiten aus den Tagebüchern gerissen hat. Sie hätte wohl kaum ausgerechnet die Passagen stehen lassen, die sie selbst betrafen. Jene Seiten, auf denen Johanna sie des Mordes bezichtigte. Warum aber war sie verschwunden, ohne ihre Rechnung zu bezahlen? Ausgerechnet an dem Tag, an dem deine Oma starb? Das sah natürlich verdächtig nach einem neuen Fall von Selbstjustiz aus, als mir endlich klar geworden war, dass wir es damit zu tun hatten. Damit blieben dann nur noch Jakub und Wilhelm ... und du."

"Ich?", fragte Miriam erstaunt.

Penny grinste entschuldigend. "Prinzipiell ja. Man sollte nie den Fehler begehen, einen Verdächtigen auszuschließen, solange man keine handfesten Beweise für seine Unschuld hat. Auch wenn er noch so harmlos wirkt. Aber du hättest vermutlich nicht die Seiten aus den Tagebüchern gerissen, um deine Spuren zu verwischen, nur um mich dann selbst darauf hinzuweisen, dass deine Großmutter niemals auf diese Weise ein Buch verwüstet hätte. Außerdem hast du mich ja beauftragt, den Mordfall zu untersuchen."

"Also blieben Willi und Jakub", sagte Miriam.

Penny nickte. "Wilhelm liebte deine Großmutter. Jakub war ein langjähriger treuer Angestellter. Sie hätte wohl keinem von ihnen zugetraut, dass er so weit gehen würde, sie zu ermorden. Also startete ich mit den beiden mein kleines Experiment."

"Dein kleines Experiment? Du hättest dabei draufgehen können, Penny!"

Penny zuckte die Schultern, obwohl sie Miriam insgeheim zustimmen musste. "Es ist ja alles gut ausgegangen!", sagte sie leichthin. "Aber ich muss zugeben, dass ich eher auf Jakub als auf Wilhelm gesetzt hätte. Euer Hausmeister hat auch die Art von Gerechtigkeitssinn, die man zur Selbstjustiz braucht, denke ich. Wenn auch nicht so extrem wie Irmi. Mein Fehler war, dass ich Wilhelm nie zu seiner diesbezüglichen Einstellung befragt habe. Aber er hätte vermutlich nichts Radikales geäußert, um sich nicht zu verraten."

"Ich kann noch immer nicht glauben, dass er Oma getötet hat", sagte Miriam mit belegter Stimme.

"Mir fällt es auch schwer. Er hat deine Großmutter ja tatsächlich geliebt. Aber wo große Liebe ist, da ist auch Potential für große Enttäuschung. Dass sie nicht verstand, warum er sich als Richter aufspielte, hat ihn bestimmt schwer getroffen. Er wollte ein Held für sie sein, und sie sah nichts als einen Mörder."

Sie schwiegen beide für ein paar Minuten. Miriam nippte an ihrem Kaffee, während Penny sich ein Croissant aus dem Brotkörbchen schnappte und es mit Butter und Marillenmarmelade bestrich. "Ich denke übrigens, dass du deiner Großmutter doch gar nicht so unähnlich bist, wie du denkst", sagte sie dann. "Es war sehr tapfer von dir, dass du mir zum Friedhof gefolgt bist. Völlig lebensmüde, aber auch sehr tapfer!"

Miriam lächelte schief, und Penny biss in das goldbraune Croissant. Sie hatte bestimmt schon tausende dieser sündhaften Köstlichkeiten in ihrem Leben verzehrt, aber heute Morgen schmeckte es besser als all die anderen Male zuvor.

26.

"Da ist noch etwas", verkündete Penny, nachdem von dem Croissant nur noch Krümel übrig waren. "Ich habe eine sehr gute Nachricht für dich. Dein Erbe betreffend."

Miriam zog die Augenbrauen hoch. "Im Ernst?"

Penny nickte. "Ich weiß jetzt, wo deine Großmutter die Diamanten versteckt hat. Ich bin auf die Lösung gekommen, als du gestern Nacht aufgetaucht bist, mit ihrem Revolver in der Hand."

"Dem Revolver? Ich verstehe nicht ... Was hat der denn damit zu tun?"

"Gar nichts. Es waren deine zitternden Hände, die mich auf die Lösung brachten."

Miriam sah sie verständnislos an.

"Ob du es mir glaubst oder nicht, die Diamanten waren all die Jahre direkt unter deiner Nase. Seit deinem 14. Geburtstag, um genau zu sein."

"Ich verstehe kein Wort", protestierte Miriam.

Penny grinste. "Erinnerst du dich an die seltsame Formulierung deiner Oma, in dem Brief, den sie dir hinterließ? *Lerne aus der Vergangenheit, und du wirst nie wieder eine Bettlerin sein.*"

"Ja, klar, aber –"

Penny griff nach ihrer Hand. Auch heute Morgen trug Miriam wieder das Armband mit den bunten Steinen, Perlen, und kindlichen Tieranhängern. "Wie nennt man diese

Art von Schmuckstück?", fragte Penny sie.

"Hm? Keine Ahnung."

"Ein Bettelarmband. Noch nie gehört?"

"Ach so. Doch, schon."

"*Lerne aus der Vergangenheit, und du wirst nie wieder eine Bettlerin sein.* Das war ein versteckter Hinweis deiner Großmutter auf dieses Armband! Sollte heißen: *Lies meine Tagebücher, die dir von meiner Vergangenheit erzählen, und davon, wie ich zu der Detektivin wurde, die du auch einmal sein könntest. Entdecke die Flammensymbole neben jenen Stellen, die dich betreffen, und erinnere dich daran, wo du sie schon einmal gesehen hast. Finde David Blüthensteins Brief, und dann wird dir klar werden, dass das Bettelarmband gar kein Bettelarmband ist.* Zugegeben, der letzte Teil war ein wenig knifflig."

"Ich habe bloß den Teil mit den Flammen kapiert", sagte Miriam kleinlaut. "Aber das wars dann auch."

"Genau. Du hast die Symbole wiedererkannt. Und so kamen wir an den Brief von David Blüthenstein. In dem er deiner Großmutter ein paar besonders schöne Steine aus seinem Vermögen vererbte."

"Die wir nicht gefunden haben, weil das Kuvert leer war."

"Es war leer, Miriam, weil deine Großmutter dir den Inhalt längst zum Geschenk gemacht hat. In Form dieses Bettelarmbands, das du zu deinem 14. Geburtstag bekommen hast. Und das alles andere ist als das Armband einer Bettlerin."

Miriam sah sie noch immer verwirrt an. Die Ärmste war heute Morgen aber wirklich schwer von Begriff.

Penny strich mit der Fingerkuppe über einen der bunten

Glassteine, die an der Armkette hingen. "Das, meine liebe Miriam, ist ein Farbdiamant. Fünf davon baumeln an deinem Armband, wenn ich richtig gezählt habe. Ein roter, zwei blaue, ein gelber und dieser riesige pinkfarbene hier, der bestimmt allein eine halbe Million Euro wert ist. Zusammen locker eine Million, da bin ich mir sicher. Ich habe eine Mutter, die verrückt nach solchen Klunkern ist", fügte sie hinzu. "Deshalb kenne ich mich mit den Preisen ein wenig aus."

Miriam schnappte nach Luft. Ungläubig starrte sie auf die Armkette, die sie schon ihr halbes Leben lang trug.

"Obwohl ich die Steine ohne David Blüthensteins Brief und den Hinweis deiner Oma natürlich auch für wertloses Glas halten würde", fügte Penny hinzu. "Wie vermutlich jeder andere, der dieses Armband zu Gesicht bekommt. Inklusive dir. Die Fassungen der Steine, die eigentliche Kette und die restlichen Anhänger sind ja tatsächlich Billigkram. Bestenfalls Silber, so wie es aussieht. Und dazu noch Kunststoffperlen. Die perfekte Tarnung."

Miriam japste nach Luft. Sie nahm das Armband ab und besah sich mit großen Augen die Diamanten. Wieder einmal zitterten ihre Hände. Diesmal aber wenigstens vor Freude und Aufregung, statt vor Angst.

"Deine Großmutter war ganz schön verrückt, wenn ich das anmerken darf", sagte Penny. "Ich meine, mit dieser Schnitzeljagd, die sie sich da für dich ausgedacht hat, riskierte sie, dass du dein Erbe niemals findest!"

Miriam grinste. "Ach, das ist sooo typisch Oma. Rätsel gingen ihr über alles, während sie sich aus Geld nie etwas gemacht hat. Oder gar aus Juwelen. Vermutlich hatte sie nicht einmal eine Ahnung vom wahren Wert dieser Steine. Wie hätte sie auch ahnen sollen, dass dieser David Blüthenstein ihr ein solches Vermögen vermacht hat!"

Penny schüttelte lachend den Kopf. "Ich bleibe dabei: vollkommen verrückt!"

Miriam stimmte in ihr Lachen mit ein – und strich zärtlich über die Kette. "Großmutter dachte bestimmt, dass ich ihr Rätsel irgendwann lösen würde", sagte sie nach einer kleinen Weile. "Sie wollte unbedingt, dass ich ihre Lebensaufgabe weiterführe, dass ich eine Schnüfflerin werde wie sie. Sie meinte, ich hätte Talent dazu, aber in diesem einen Fall lag sie falsch. Ganz falsch. Aber vielleicht hätte ich zumindest irgendwann ihre Tagebücher gelesen, wer weiß. Sie konnte sich jedenfalls sicher sein, dass ich auch ohne die Diamanten nicht verhungere. Das Hotel deckt meine Lebenskosten. Und mir gefällt es hier. Ich vermisse nichts. Das wusste Oma."

"Dann wirst du also hierbleiben?", fragte Penny. "Obwohl du jetzt eine vermögende Frau bist?"

"Ganz bestimmt sogar. Ich liebe dieses alte Haus. Vielleicht werde ich einen der Steine verkaufen und mal ein paar Reparaturen in Angriff nehmen. Ich könnte auch ein wenig in Marketing investieren, was meinst du? Vielleicht sollten wir uns als Lost Place einen Namen machen, bei einem größeren Publikum. Das liegt doch gerade schwer im Trend, nicht wahr?"

Miriam strahlte plötzlich. Die neuen Möglichkeiten, die sich ihr mit den Diamanten auftaten, schienen ihre Fantasie zu beflügeln.

"Das sind tolle Ideen", sagte Penny – und umarmte spontan ihre Klientin. Das stand so zwar nicht im

Detektivlehrbuch, aber zur Hölle damit! Man musste auch einmal unprofessionell sein dürfen!

"Eine Sache noch", sagte sie dann. "Falls du Armin Keyser noch ein Weilchen als zahlenden Gast behalten möchtest, solltest du ihm nichts von dem Armband erzählen. Ich fürchte, es ist die Suche nach den Diamanten, die ihn hier im Hotel hält. Nicht du."

"Oh", sagte Miriam – und führte reflexartig einen ihrer Finger an die Lippen, um am Nagel zu kauen.

Doch dann ließ sie zu Pennys Überraschung die Hand wieder sinken. "Oma hat mich einmal vor Armin gewarnt, kurz bevor sie starb. Sie meinte, dass er kein Mann für mich sei, mehr hat sie mir nicht verraten. Aber ich muss zugeben, dass ich das nicht hören wollte."

"Du weißt ja", sagte Penny. "Deine Großmutter war eine sehr gute Menschenkennerin."

"Na ja, so gut dann auch nicht. Sie hat ewig lang nicht bemerkt, dass Willi ein Mörder war!"

"Liebe macht eben blind", sagte Penny – und kam sich im nächsten Moment ziemlich doof dabei vor, solche Weisheiten zu verkünden.

Miriam verzog die Mundwinkel. "Zwischen Theo und mir läuft es nicht so gut in letzter Zeit", gestand sie spontan.

Penny nickte. "Den Eindruck hatte ich auch. Lass dir einfach noch ein bisschen Zeit mit der Hochzeit, okay?"

"Das werde ich."

Diesmal war es Miriam, die Penny umarmte. Sie drückte sie ganz fest. Als sie sich wieder voneinander lösten, sagte sie: "Ich möchte, dass du einen der Steine nimmst. Als dein Honorar. Du bist die beste Detektivin der Welt!"

"Kommt nicht in Frage", protestierte Penny. "Hast du mir nicht zugehört, was die Dinger wert sind?"

"Doch", sagte Miriam. "Du kriegst ja auch nicht den pinkfarbenen. Der gefällt mir nämlich selbst super toll. Ich denke, ich bin da ein wenig wie deine Mutter." Sie grinste breit und ihre Augen funkelten.

Dann ließ sie das Armband erneut durch ihre Finger gleiten. "Du hast mir erzählt, dass du gerade die Detektivausbildung machst. Du stehst also noch ganz am Anfang deiner Karriere. Da kannst du bestimmt etwas Startkapital gebrauchen." Sie musterte die Diamanten an der Kette, zwischen all den Kunststoffperlen und Silberanhängern. "Du bekommst diesen blauen hier", entschied sie. "Der leuchtet besonders schön, finde ich."

Hat es Ihnen gefallen?

Unterstützen Sie die Autorin und helfen Sie mit, dass auch andere LeserInnen von diesem Buch erfahren, indem Sie eine kurze Rezension auf ***amazon.de*** hinterlassen.

Herzlichen Dank!

Mehr von Penny Küfer?

Der dritte Fall der furchtlosen Jungdetektivin erscheint im ***März 2019***.

Mehr von Alex Wagner?

Krimi-Serien:

Penny Küfer ermittelt:
Mord im Okzident Express
Tod einer Schnüfflerin

Clara Annerson ermittelt:
Das doppelte Spiel des Jaguars
Die edle Kunst des Mordens

Historischer Kriminalroman:

Die Toten von Vindobona

Thriller:

Tödliche Freuden

Liebesromane:

Die Bibliothek der Liebe
Die dunklen Wellen der Liebe

35201707R00125

Printed in Poland
by Amazon Fulfillment
Poland Sp. z o.o., Wrocław